시간을 물고 달아난

도둑고양이

시간을 물고 달아난

시의 길을 따라 걷는
죽음의 풍경

도둑고양이

송기호 지음

싱긋

삶의 재발견

김홍진(문학평론가)

어떻게 죽든 사람은 죽게 마련이다. 태어남은 이미 죽음을 전제하며, 죽음은 삶이 낳은 불멸의 자식이다. 죽음은 차별을 두지 않고 모두에게 공평하다. 죽음을 넘어 지속되는 차별적 삶은 존재할수 없다. 죽음이 삶의 조건인 것처럼 삶 또한 죽음의 조건이다. 이책의 저자가 말하듯 "삶은 언제나 죽음 위에 세워"지는 가건물假建物과 같은 것이다. 그렇기에 죽음에 대해 생각하는 것은 삶을 가장깊이 있게 사유하는 방식이다. 죽음은 우리에게 삶에 대한 각별한사유의 지평을 열어준다.

『시간을 물고 달아난 도둑고양이』에서 저자가 열정적으로 집중

하는 것도 바로 죽음을 통한 삶의 사유이다. 저자가 말하듯, "무덤 위에서 사랑을 나누고 또 그 사랑을 통해 새로운 생명이 잉태되는 것, 이것이 우리의 삶"의 본질이다. 삶은 죽음에 의해 수태된다. 삶은 죽음을 통해 그 향기로운 정수를 드러낸다. 따라서 죽음에 관한 사유의 지평은 삶을 새로운 시각으로 바라보도록 인도한다. 우리가 "삶에 대해 깊이 생각하는 경우는 죽음에 대해 생각할 때뿐"이기 때문이다. 그럴 때 삶에 대한 각성이 가능해지고, 그것이 "삶을 충실하게 사는 지혜를 얻는 길"이며, 궁극적으로는 새로운 형식으로서의 삶을 가꾸도록 해준다.

예술가들에게 죽음은 창작의 중요한 모티브로 많은 영감을 제공해준다. 시인을 비롯한 모든 예술가에게 죽음은 중요한 주제 가운데 하나이다. 죽음은 멀리 있는 것이 아니라 다정한 애인처럼 삶과 함께한다는 평범한 사실을 많은 예술작품이 말해준다. 삶은 죽음을 향해 살아가는 것이다. 죽음을 노래하거나 이야기하거나 그리는 것은 역설적으로 그것이 삶을 가장 진정성 있게 이야기하는 방식이기 때문이다. 삶은 죽음을 통해서만 오롯이 사유될 수 있다. 이 책이 숙고하는 사유의 세계도 바로 이런 범주 안에 자리한다.

이 책에는 '시의 길을 따라 걷는 죽음의 풍경'이라는 부제가 붙어 있는데, 저자가 죽음의 풍경 속으로 자진해 걸어 들어간 것은 죽음이 아닌 삶을 재발견하기 위함이다. 다시 말해 죽음이라는 거울에 비친 삶의 진면목을 다시 보기 위해서이다. 죽음의 풍경 안으로 들어가 삶으로부터 관조적 거리를 확보할 때, 우리는 살아 있음에 가려진 삶의 내면성을 온전히 감각할 수 있다. 이를테면 죽음은 삶의 끝이라는 단순한 의미가 아니라, 삶의 근원적인 조건과 운명에 대한 각성을 가능케 한다. 그리하여 죽음은 바닥을 드러내지 않는 샘처럼 예술가들의 영원한 뮤즈이다.

이 책의 저자는 영미 시의 촉수가 명민하게 감각한 죽음의 풍경 속을 느긋하게 산책한다. 죽음의 노래로 알려진 타나톱시스 Thanatopsis 계열의 예술작품들은 영미 문화권만의 고유한 특성이 아니다. 저자도 말하듯 그것은 "어느 문화권에서나 다채롭고 풍성"하게 분포한다. 일일이 호명하기도 벅찰 정도로 많은 시인과 음악가 그리고 화가가 죽음을 노래하고 그렸다. 저자는 그 많은 죽음 가운데 주로 영미 시에서 노래한 죽음의 풍경 속을 거닐며 삶과 죽음에 대한 사색을 펼친다. 이렇게 뒷짐을 진 채 죽음의 풍경 속으로 떠나는 산책, 그 산책의 과정에서 저자는 살아 있음의 확실성이 은폐한 삶의 비의秘意를 깨닫고, 삶의 내면성을 감각하고, 우리에게 삶을 새롭게 바라볼 것을 권유한다.

저자는 삶에 악착같이 달라붙은 죽음의 풍경을 바라보고 미세하게 동요하는 내면의 파장을 담담히 펼쳐 보이고는, 그 자리에서 멈춘다. 이 책의 매력은 죽음에 대한 어떤 종교적이고 철학적인 사변성과 엄격함, 어떤 교훈성이나 계몽성을 전혀 내세우지 않는다는 점에 있다. 저자는 영미 시를 통해 추체험한 내면의 잔잔한 파동을 일상의 언어와 섬세하고 평이한 문체로 간명하게 감각하는 데 주력한다. 저자의 발걸음은 죽음이라는 단어가 불러일으킬 수밖에 없는 무겁고 고통스럽고 두려운 걸음걸이가 아니라, 가볍고 투명하게 죽음의 풍경을 통과해 나간다. 이렇게 삶과 죽음의 상보적 관계에 대한 빛나는 성찰의 언어와 유려한 문체를 동반하는 사려 깊은 태도는 이 책을 더욱 진솔하고 지적인 것으로 만든다.

인류의 역사와 전통은 죽음에 강렬한 의미를 부여해왔다. 하지만 오늘날 죽음의 의미는 위협받고 또 쉽게 휘발되어버린다. 이 책이 보여주는 다채로운 죽음의 풍경은 적어도 일상의 안락함과 나르시시즘적 만족 외에는 별다른 관심이 없는 오늘날에 삶의 의미와 가치를 깊이 있게 성찰하도록 도와준다. 그런 점에서 이 책을 구성하는 에세이들은 삶의 재발견을 위한 정신적 고투의 산물이라 할 수 있다. 죽음은 역설적으로 삶에 대한 강렬한 욕망을 촉발한다는 점에서 삶의 숨은 동력이다. 무덤은 봉인된 생명의 산실이라는 은유를 이 책은 은근히 감춰두고 있다.

『시간을 물고 달아난 도둑고양이』 속 17편의 주제별 에세이들은 삶의 정상성과 확실성이 전면화된 곳에서는 삶에 대한 통찰이 마비될 수 있다는 점을 환기시켜준다. 우리의 삶에 죽음이라는 부정성이 없으면 삶의 시간은 그저 무상無常한 것에 지나지 않는다. 우리는 삶이 진제한 타사로서의 숙음을 까맣게 잊고 산다. 저자의 표현대로 "죽음의 계곡 위에 드리운 삶의 외줄 위를 눈 감고 태평하게 걷는 데 익숙"해 있다. 그러나 죽음은 살아 있음의 이면에 뿌리내린, 달의 뒤편 같은 진실이다. 그리하여 아름답고 건강하고 역동적으로 보이는 삶의 내부에 들어차 있는 무덤을 파헤치는 과정에서 우리는 존재의 심연에 한발 더 가까이 다가설 수 있게 된다. 죽음의 다양한 풍경을 산책함으로써, 그 풍경의 의식을 사유함으로써 우리는 삶의 본질을 직관할 수 있는 것이다.

삶은 필멸의 늪 속으로 빨려들어갈 운명을 타고났다. 삶의 불가피한 귀결, 죽음의 풍경 속으로 떠난 송기호의 여행은 삶의 아름다움을 발견하는 일과 다름없다. 이 책이 일깨우는 중요한 점은 죽음의 의미를 소멸의 미학 속에 밀봉하지 않고 삶의 새로운 창조를 향해 나가야 한다는 것이다. 이 책의 마시막 문장, 오직 "삶과 죽음에서 밝혀야 할 비밀이 있다면 이것뿐이다." 이것이 죽음의 구원일 수 있다.

1장

죽음의 풍경을 둘러보러
나서는 길

사람은 죽음을 향해 나이를 먹어간다.

오에 겐자부로大江健三郎

오스트리아의 화가 구스타프 클림트Gustav Klimt, 1862-1918가 말년에 그린 걸작으로 〈죽음과 삶Death and Life〉이 있다. 클림트는 자기 아버지처럼 예순이 되기 전에 죽을까 걱정했는데, 실제 그는 오십 대 중반에 스페인독감으로 인한 폐렴으로 세상을 떠났다. 〈죽음과 삶〉은 클림트가 말년에 죽음을 생각하며 오 년 넘게 공들여 그린 작품으로 삶과 죽음의 관계를 잘 보여준다. 이 그림은 좌우 두 부분으로 나뉘는데, 오른쪽은 삶을 묘사한 부분으로 클림트 특유의 밝은 색채로 남자와 여자, 아이에서 노인까지 여러 인물이 그려져 있다. 이들은 저마다의 자세와 표정으로 삶의 여러 모습을 표현하고 있다. 그림의 왼쪽에는 해골로 표현된 죽음이 그려져 있는데, 해골은 십자가 무늬 옷을 입고 손에는 주황색 쇠몽둥이를 어깨높이로 치켜들고 있다. 클림트 그림에서는 보기 드문 검은색과 짙은 감청색으로 그려져 있어, 어둡고 차가운 죽음을 효과적으로 표현한다. 그리고 죽음과 삶 사이는 죽음보다 더 검푸른 색이 칠해져 있어서 두 세계 사이에 깊고 푸른 강이 놓여 있는 듯하다.

죽음은 강 건너에서 환하게 불이 켜진 삶의 집을 들여다보는 도둑고양이 같다. 죽음은 탐욕스러운 눈으로 삶을 바라보며, 손에 쇠몽둥이를 들고 소리 나지 않게 발을 들고 삶이 있는 쪽으로 조심스럽게 다가오고 있다. 삶은 그렇게 다가오는 죽음의 존재를 전혀 깨닫지 못하고 있다. 이 그림에서 삶은 훨씬 많은 부분을 차지하고 있지만, 그림을 보는 이의 눈길은 죽음 쪽으로 더 쏠린다. 삶이 진행될수록 더 주목받는 존재는 삶이 아니라 죽음이다.

클림트의 그림에서 삶은 죽음을 잊고 있을지 모르지만, 죽음은 언제나 탐욕스럽게 삶을 지켜보며 자신의 때를 기다린다. 우리는 대개 '살아 있기에' 죽음보다는 삶에 더 관심을 가진다. 어린 시절에는 막연한 두려움 때문에 죽음을 의식 밖으로 밀어내고, 어른이 되어서는 삶이 다채롭게 펼쳐 보이는 기쁨과 고통 속에서 죽음에 대해 생각할 여유를 갖지 못한다. 죽음에 더 가까이 다가선 나이가 되어도, 어쩌면 살아 있는 것에 너무 익숙해진 탓에 죽음을 잊고 지내기 쉽다. 그러나 오래된 물건이 그렇듯이, 삶도 모서리가 닳고 색이 바래기 시작한다. 그리고 그 자리에 더 크고 뚜렷한 모습으로 죽음이 들어선다. 그렇게 우리는 죽음을 향해 나이를 먹어간다.

고대 로마의 철학자 루크레티우스Lucretius, 99?-55? BC는 쾌락주의 철학자 에피쿠로스Epikuros, 341?-270? BC를 추종했다. 에피쿠로스가 쓴 글들은 이제 남아 있지 않지만, 그의 사상은 루크레티우스에게 계승되어 전해진다. 루크레티우스는 『사물의 본성에 관하여』에서 우리가 자주 잊고 지내는 사실을 일깨운다.

> 진실로 필멸의 존재들에게는 정해진 삶의 기한이 서 있으며,
> 우리는 죽음을 비껴갈 수 없고, 그것을 만나야 한다.•

살아 있는 것은 죽음을 비껴갈 수 없으며, 매일 찾아오는 삶의 나날은 죽음을 향한 여정이기도 하다. 생명의 탄생과 더불어 삶이 시작되면 거꾸로 세워진 모래시계에서 자그마한 시간의 알갱이들이 쉼 없이 쏟아져내린다. 정해진 단 하나의 결말을 향해서. 모든 생명에게 부여된 그러한 운명을 미국의 시인 롱펠로Henry Wadsworth Longfellow, 1807-1882는 다음과 같이 묘사한다.

• 루크레티우스, 『사물의 본성에 관하여』, 강대진 옮김, 아카넷, 2012

예술은 길고, 시간은 달아나듯 지나간다.
우리의 심장은 비록 튼튼하고 용감하게 뛰지만
여전히 감싸 맨 북처럼
무덤을 향한 장송곡을 울리고 있다.

「삶의 찬가A Psalm of Life」의 한 구절이다. 인체의 여러 장기 중 심장은 생명, 곧 살아 있음을 가장 상징적으로 표현한다. 그런데 롱펠로는 심장 뛰는 소리에서 생명이 힘차게 약동하는 소리가 아니라 무덤을 향해 울리는 음울한 장송곡을 듣는다. 심장이 한 번 뛸 때마다 모든 생명은 죽음을 향해 한 발 더 가까이 다가간다. 더 다가갈 곳 없는 자리에서 삶이 죽음과 한 몸이 될 때 심상은 박동을 멈추고, 삶의 음악도 멎는다. 마침내 자신의 목적지에 다다른 것이다.

롱펠로는 젊은 시절 유럽으로 건너가 그곳의 언어와 문화를 익혀 미국의 대중에게 소개한 인물이다. 그는 대학에서 문학을 가르치면서 시를 썼다. 경제적으로 넉넉한 삶을 살았고, 대중의 큰 사랑을 받았다. 그랬기에 그가 삶을 찬미하는 시를 쓴 것은 자연스러워 보이지만, 그도 삶의 나날이 죽음과 연결되어 있다는 것을 잊지 않았다. 위 구절은 생명 있는 모든 존재의 보편적 운명에 대한 엄숙한 선언이다.

그런데 죽음은 삶이 끝나는 곳에 이르러 비로소 대면하게 되는 그런 존재가 아니다. 죽음은 삶이라는 무대 뒤에 머물며 자신을 드러내지 않을 뿐, 삶의 한가운데에서 끊임없이 자신의 몸집을 키워간다. 삶이 무대에 올라 쏟아지는 조명을 한몸에 받는 동안에도 죽음은, 클림트의 그림에서처럼, 무대 뒤에서 분주히 자신이 등장할 때를 기다리고 준비한다. 죽음의 등장이 매번 극적이지는 않지만, 그의 등장은 피할 수 없이 예정되어 있다. 그렇기에 죽음은 삶과 떨어질 수 없는 짝이다. 삶은 예수가 오는 길을 예비했던 세례자 요한처럼 죽음이 오는 길을 예비하고 밝힌다. 한 화면이 흐려지며 다른 화면이 점차 뚜렷해지는 영화의 한 장면처럼, 정해진 운명의 순간이 다가올수록 삶은 그 존재가 희미해지고 죽음의 실루엣은 그만큼 더 선명해진다.

살아가는 것이 곧 죽어가는 것이라는 말은 살면서 소중한 무엇인가를 자꾸 잃어버리는 것에 대한 비유이다. 어린 시절의 순수함과 맑은 눈빛이 사라지고, 젊은 날의 패기와 포부도 시들해지고, 노년의 지혜마저도 쓸모없는 것이 되어간다. 그런데 이 표현은 육체의 생물학적 변화에 대한 설명이기도 하다. 인간의 몸에서는 끊임없이 세포가 죽고 동시에 새로운 세포가 생겨난다. 그러나 이 과정은 새집을 짓는 것과는 달라서 물 새는 지붕을 고치고 바람 드는 벽을 수리하는 것일 뿐이다. 집이 오래되면 낡고 제 기능을 하지 못하듯이, 사람의 몸이라는 집은 점차 기둥이 기울고 기왓장이 느슨해지고 서까래가 썩어 무너져내린다. 그래서 마침내는 고치는 일이 불가능해진다. 그렇게 무너져내린 생명의 폐허를 죽음은 자신의 새로운 영토로 선언한다.

푸르던 생명의 자리가 폐허로 변하기까지 걸리는 시간은 왜 그리 짧게 느껴지는 걸까. 빠르게 흘러가는 시간과 그 속에서 순간처럼 짧게 느껴지는 삶에 대한 표현은 어느 문화권에서나 다채롭고 풍성하다. 미국 건국시대의 대표적인 시인 프리노Philip Freneau, 1752-1832는 삶의 짧음을 다음과 같이 탁월하게 그려낸다.

아름다운 꽃이여, 곱게 자라며

이 고요하고 외진 한적한 곳에 숨어

손길 닿지 않은 채 꿀 같은 꽃을 피워올리는구나.

눈에 띄지 않은 채 그대 작은 가지로 반기는구나.

어떤 배회하는 발길도 그대를 짓밟지 못하고

어떤 분주한 손길도 그대를 꺾어 눈물 흘리게 하지 않는구나.

자연의 여신이 흰옷을 입히고

무심한 눈길을 피하게 하였다.

그리고 여기 보호하는 나무 그늘 만들고

부드러운 냇물 속삭이며 흐르게 하였구나.

이렇게 조용히 그대의 여름날이 가고

그대의 나날은 안식으로 저문다.

반드시 죽어야 할 그 매력에 마음이 아파

그대에게 닥칠 운명을 슬퍼하노라.

그보다 더 화사한 것이 없던

에덴동산에 피던 꽃도 죽었으니

무자비한 서리와 가을의 힘이

이 꽃의 흔적도 남기지 않으리.

아침 해와 저녁 이슬로부터

처음 그대의 작은 존재가 왔노라.

본디 무無에서 생겨났으니 잃을 것도 없어라.

그대가 죽어도 그대는 변화가 없으리니.

탄생과 죽음 사이는 한순간

꽃의 연약한 지속이여.

「인동초The Wild Honey Suckle」라는 시이다. 프리노는 적지 않은 유산을 물려받았지만 말년은 불행했다. 시도하는 일마다 실패했고, 생의 마지막에는 몹시 곤궁하여 눈보라 속에서 죽었다. 그랬기에 프리노는 누구보다 삶의 덧없음을 잘 알고 있었을 것이다. 프리노는 외진 곳에서 홀로 피었다 지는 꽃을 보며 모든 생명 있는 존재의 피할 수 없는 운명을 읽어내는데, 이것은 우리의 동양적 정서와도 잘 공명한다. 모든 생명은 무無에서 생겨나 다시 무로 돌아간다. 우리가 상상할 수 있는 가장 아름다운 꽃이었을, 에덴동산에 피던 꽃도 그렇게 지고 말았다. 에덴동산의 꽃마저 졌다는 말이 암시하듯, 그 어떤 생명 있는 존재도 죽음을 피하지 못한다. 이 보편적 운명 앞에서 인간은 다른 생명보다 특별하지도 우월하지도 않은 존재가 되니, 인간도 겸손해질 수밖에 없다. 그 겸손한 마음으로 생성과 소멸을 거듭하는 거대한 자연의 질서 속에서 인간의 삶과 죽음을 이해하고 받아들여야 한다는 것이 이 시가 보여주는 귀한 깨달음이다.

　프리노의 말처럼 무에서 생겨나온 생명이 다시 본래의 무로 돌아가는 것이 죽음이라면, 잃는 것이 없으니 그리 서글퍼할 일도 아니다. 그런데 프리노는 그런 운명을 타고난 존재에게 주어진 탄생과 죽음 사이의 시간이 너무 짧은 것을 아쉬워한다. 그의 탄식처럼 탄생과 죽음 사이, 무에서 생겨나서 무로 돌아가는 시간은 단 한 순간처럼 여겨질 만큼 짧고도 짧다. 시간은 죽음의 또다른 이름이다. 시간이 흐르면 죽음이 찾아오고, 죽음은 시간을 보내어 자신의 존재를 확인시킨다. 서양 문화권에서 죽음은 흔히 시각적으로 커다란 낫을 들고 곡식을 거두는 추수꾼이나 날카로운 이빨로 모든 것을 삼키는 커다란 아가리의 모습으로 형상화된다. 이런 모습으로 그려지는 죽음은 우리가 소중하게 여기는 모든 것, 예컨대 젊음, 아름다움, 사랑, 우정, 재능 등을 거두고 삼켜버린다. 우리는 대개 이러한 무서운 힘을 가진 죽음이 찾아오는 것을 원치 않기에 죽음의 방문은 언제나 '이르게' 여겨지고 그 죽음을 데려오는 시간은 언제나 '빠르게' 생각된다.

우리는 탄생과 죽음 사이의 짧은 시간을 지나면서도 우리가 죽음과 얼마나 가까이 있는지 깨닫지 못한다. 커다란 낫을 든 추수꾼이 언제 우리를 찾아올지 알지 못한다. 콜린스Billy Collins, 1941-. 미국의 현대 시인. 2001-2003년 미국의 계관시인으로 임명됨는 그 상황을 이렇게 표현한다.

죽음은 이 집에서 멀리 있는가?
신시내티의 과부를 찾아가거나
브리티시컬럼비아*의
길 잃은 산행객의 숨통을 조이거나

필요한 준비를 하고
제동장치를 고장 내고
씨앗처럼 암세포를 퍼뜨리고
롤러코스터의 나무 기둥을 느슨하게 하느라

----

* 신시내티Cincinnati는 미국 오하이오주에 있는 도시이고, 브리티시컬럼비아British Columbia는 캐나다의 가장 서쪽에 있는 주州이다.

너무 바빠서, 방문객들이 찾아오는 데 그토록 고생하는
내 후미진 오두막을 찾지 않는 것인가?

아니면 그가 어두운 골목 끝에 세워둔
검은색 차에서 내려
까마귀 대가리처럼 끝이 올라간 모자가 달린
그 낯익은 외투를 흔들어 열며
짐칸에서 커다란 낫을 꺼내고 있는가?

길 찾는 데 고생하지 않았는지요?
이 세상 떠나는 대화를 시작하며 물어보리라.

「나의 번호My Number」라는 이 시의 제목은 그 의미가 쉽게 포착
되지 않는다. 시에서 집을 찾는 것과 연관된 대목이 있으니 서양식
도로명주소를 의미하는 것일까? 아니면 우리가 유한한 삶을 사는
존재이니 우리에게 허락된 삶의 햇수를 뜻하는 것일까? 시의 전체
적 의미를 생각해보면, 시의 제목은 태어나면서 우리가 부여받은
죽음의 순번을 의미할지도 모르겠다. 우리 모두 태어나는 순간 죽
음의 방문을 위한 번호표를 받지만, 그 사실을 잊고 있을 뿐이다.
　이 시의 마지막 부분은 특별히 주목해볼 만하다. 나이가 들수

록 삶의 큰 숙제로 다가오는 것은 머지않아 우리를 찾아올 죽음을 어떻게 맞이할 것인가 하는 문제이다. 이 시에서 죽음을 맞이하는 모습은 마음에 새겨볼 만하다. 후미진 곳에 있어 사람들이 찾아오는 데 어려움을 겪는 사람의 집이라도 죽음은 별 어려움 없이 찾아올 것이다. 마침내 죽음을 만나는 이는 마치 기다리던 친구라도 되는 듯 반가이 맞고 찾아오는 데 어려움은 없었는지 물으며 다정한 대화를 나누기 시작한다. 죽음과 함께 이 세상을 떠나는 발걸음이 마치 밝고 따뜻한 곳으로 소풍을 떠나듯 가벼워 보인다. 그에게 삶과 죽음을 구분 짓는 울타리는 높지 않으며 그것을 넘는 일도 그리 두려운 일이 아니다. 그렇게 삶에서 죽음으로 넘어갈 수 있다면 그만한 축복이 어디 있겠는가. 아지랑이 피어오르는 봄날 양떼가 푸른 풀밭을 찾아 나지막한 산울타리를 넘는 것처럼 그렇게 넘어갈 수 있다면 말이다.

우리는 모두 삶의 길을 따라 죽음을 향해 걷고 있지만 그 길에는 이정표가 뚜렷하지 않기에 그 길이 언제쯤 끝날지 알기 어렵다. 이따금 나타나는 어떤 계기나 암시를 통해 자각될 뿐이다. 그래도 그 길의 풍경을 자세히 들여다보면 계속되는 변화를 무시하기는 어렵다. 갈수록 풍경의 윤곽은 흐려지고 색은 탁해지고 하늘은 잿빛으로 어둑해진다. 길옆 생기 잃은 풀들은 해쓱한 낯빛으로 몸을 낮추고 운명의 시간을 기다린다. 여윈 나무들은 메마른 잎으로 바람을 맞으며 그 차갑고 어두운 세계의 지배자를 기다린다.

그래도 우리는 삶의 길이 좀처럼 끝나지 않으리라 생각한다. 언젠가 죽는다는 것을 알지만, 우리는 대개 죽지 않을 것처럼 산다. 죽음이 찾아오는 것은 '미래'의 일이지 '지금'의 일이 아니라고 믿기에 매일 찾아오는 '오늘'을 당연하다는 듯 맞는다. 그래서 포프 Alexander Pope, 1688-1744. 영국 신고전주의 문학기의 시인도 다음과 같이 말한다.

하늘은 모든 피조물에게 운명의 책을 감춘다
그들의 현재 상태라는 일정한 페이지를 제외한 모든 것을.
짐승에게는 인간이 아는 것을, 인간에게는 천사가 아는 것을 숨
    기니
그렇지 않은들 누가 이 세상에서의 자기 존재를 견딜 수 있으랴.
그대의 잔치를 위해 오늘 피 흘려 죽을 양에게
그대 가진 이성이 있다면 어찌 뛰어놀 수 있으랴?
마지막 순간까지 꽃 피는 음식을 뜯어 먹으며
자기를 죽이려 막 치켜든 손을 핥고 있구나.
오 미래를 알지 못하는 것, 자애롭게 주어졌어라.

「인간론An Essay on Man」이라는 긴 시의 일부이다. 포프의 말처럼 내일의 운명을 모르고 오늘을 사는 것이 우리에게 주어진 축복일지 모른다. 그리고 어쩌면 그것이 우리의 삶을 계속해서 나아가게

하는 동력인지도 모른다. 우리는 그렇게 죽음의 계곡 위에 드리운 삶의 외줄 위를 눈 감고 태평하게 걷는 데 익숙하다.

죽음은 의학이나 종교, 문화 연구 등에서 특히 활발히 논의되는 주제이지만 문학도 죽음을 소홀히 여기지 않는다. 문학의 탐색 대상이 삶이라면, 그 짝인 죽음 역시 소홀히 할 수 없다. 삶 너머에 있는 죽음의 풍경을 문학이 어떻게 그려내는지, 더 구체적으로는 시가 어떻게 그려내는지 살펴보는 것도 흥미로운 일이다. 이 책은 시의 길을 따라 죽음의 풍경을 둘러보러 떠나는 산책이다. 여기에서 죽음에 관한 시편들을 몇 가지 주제에 따라 살펴보는데, 영미 문화권의 시가 중심을 이루지만 다른 문화권의 시도 두어 편들어 있다. 이 시편들이 체계적으로 죽음에 관해 새로운 이야기를 들려주는 것은 아니다. 다만 삶에 가려진 죽음의 여러 풍경을 보여줄 뿐이다.

죽음에 대해 생각하고 죽음에 친숙해지는 것이 이 삶을 충실하게 사는 지혜를 얻는 길이라고 하지만 그 말을 확신하지 못할 때가 자주 있다. 그래도 생에 대한 터무니없는 욕망과 지나친 집착을 자제하고 삶에 대해 깊이 생각하는 경우는 죽음에 대해 생각할 때뿐이다. 그렇기에 더 늦기 전에 죽음의 풍경들을 둘러보러 길을 나서도 좋을 것이다.

마침내 죽음을 만나다

2장

삶에서 죽음으로

떠날 시간이 되었으니 각자의 길을 가세. 나는 죽음으로, 자네들은 삶으로.
어느 것이 더 좋은지는 신神만이 안다네.

소크라테스Socrates

생명 있는 존재에게 죽음이 찾아온다는 것은 어떤 의미일까?
죽음이 무엇인지 모르는 사람이야 없겠지만, 죽음은 그리 간단히
정의되지 않는다. 생명과 살아 있다는 것 역시 간단치 않다. 낙태
논쟁에서 볼 수 있듯이 의학에서 정의하는 생명의 시작이 종교가
말하는 것과 같지 않다. 또 존엄사와 안락사 논쟁에서 볼 수 있듯
이 생명의 끝에 대한 견해도 일치하지 않는다. '존재함'과 '살아 있
음'에 대해서는 더 미묘하고 복잡한 견해 차이가 있다. 극단적으로
우리는 죽고 나서도 여전히 존재할 수 있다. 우리의 몸을 구성하는
최소 단위가 원자라면, 육체가 다 썩어 사라진다 해도 우리는 원자

상태로 계속해서 존재하는 것이 아닌가? 원자 자체는 소멸하거나 사라지지 않기에 우리가 존재하는 방식이 달라질 뿐이다. 그리고 사회적 문화적 차원에서 정의되는 '삶'과 '죽음'의 구분이 있다. 어떤 이들은 분명 생물학적으로 살아 있으면서도 자신이 '죽은' 것이나 다름없는 삶을 산다는 생각에 괴로워하기도 한다.

그런데 저마다 삶과 죽음을 어떻게 생각하든 변하지 않는 사실이 있다. 삶이 아무리 다양한 모습으로 모양을 바꿀지라도, 죽음은 반드시 우리를 찾아온다는 단순한 사실이다. 그래서 19세기 미국의 시인 디킨슨Emily Dickinson, 1830-1886은 이렇게 말한다.

> 죽음만 빼고 모든 것은 변화될 수 있다네.
> 왕조도 수리될 수 있고,
> 체제도—들어가 끼워지는 곳에서 안정될 수 있고,
> 성곽도 무너질 수 있다네.
>
> 생명의 손실도—화려하게 다시 씨 뿌려질 수 있다네
> 연속되는 봄에 의해서.
> 죽음은—자신에게만—예외라네.
> 변화에서 면제받는다네. (749)•

디킨슨 시의 가장 중요한 주제는 죽음이다. 이 시에서 시인은 죽음이 왜 특별한가를 말한다. 이 세상에서 변하지 않고 영원한 것은 없다. 자연도 늘 변하고, 사람이 만들어낸 것들은 사람의 손에 의해 다시 변화될 수 있다. 전쟁이나 전염병으로 수많은 사람이 죽어도 시간은 다시 그 빈자리를 채워넣는다. 이렇듯 세상의 모든 것이 변화를 겪지만, 생명 있는 존재에게 죽음이 찾아오는 일에는 변함이 없다. 죽음이 언제나 자기 일에 충실하다는 것, 그것이 사람들이 죽음을 두려워하는 이유이리라.

디킨슨의 말처럼 죽음 자체는 변함이 없는데, 그 죽음이 우리를 찾아올 때는 우리 존재를 송두리째 바꾸어놓는다. 죽음이 삶을 어떻게 바꾸어놓는지에 관한 이야기를 가장 흥미롭게 들려주는 이는 시인일 것이다. 시인은 삶에 대해 깊이 생각하는 사람들이니 삶의 짝인 죽음을 외면할 리 없고, 죽음을 시로 쓰지 않는 이가 드물다. 20세기 초에 활동한 미국의 시인 밀레이Edna St. Vincent Millay, 1892-1950도 자기 몸의 죽음에 대해 말한다. 「그리고 사랑하는 육신이여, 그대 또한 죽어야 하리And You As Well Must Die, Beloved Dust」라는 시이다.

그리고 사랑하는 육신이여, 그대 또한 죽어야 하리.

- 디킨슨은 시에 제목을 붙이지 않았는데, 디킨슨의 시를 체계적으로 정리하고 분류한 존슨Thomas H. Johnson이 붙인 번호나 첫 행을 제목으로 삼아 구분한다. 이 책에서는 존슨이 붙인 번호에 따라 구분한다.

제1부 마침내 죽음을 만나다

그대 안의 모든 아름다움도 그대 대신 서 있지 못하리.

이 결함 없고 활기찬 손, 이 완벽한 머리,

이 불길과 강철의 몸도, 죽음의 강풍 아래,

혹은 죽음의 가을 서리 앞에

여느 낙엽과 같이, 처음 떨어지는 낙엽과 다름없이 죽으리.

이 경이로움은 달아나고, 변화되고,

낯설게 되고, 해체되고, 사라지리.

내 사랑도 그런 그대의 시간에 소용없으리.

내 모든 사랑에도 그대는 그날 일어나

돌보는 이 없는 꽃처럼 자취 없이

허공 아래 헤매리.

그대가 얼마나 아름다웠는가는 중요하지 않으리.

죽는 또다른 이들보다 얼마나 더 사랑받았는가는.

밀레이는 1920년대 여성의 사회적 활동이 지금보다 제한되었던 보수적 미국 사회에서 당당히 자기 목소리를 내며 활발히 시와 드라마, 그리고 사회비평의 글을 썼던 여성이다. 우리나라 개화기 때 신식 교육을 받았던 '신여성'의 모습과 겹치는 인물이지만, 그보다 더 진보적이어서 여성의 육체적 욕망에 대해서도 당당했다. 밀레이는 잔잔한 목소리로 언젠가 죽음을 맞게 될 자기 몸에게 말을 건넨다. 언제나 열정에 차서 왕성히 활동하던 정신의 동반자였던 자신의 몸, 활기찬 손과 당대 사회를 앞서가던 완벽한 머리, 때로 사랑의 불로 타오르고 강철 같기도 하던 몸이 죽음의 강풍 아래 그리고 죽음의 가을 서리 앞에 낙엽처럼 사라져갈 것을 안타까워한다. 몸이 죽으면, 그 몸에 깃들어 있던 영혼과 정신의 활동도 멈춘다. 밀레이에게는 그것이 몸의 죽음이 불러오는 가장 큰 불행이다.

한 비범한 인물이 놀랄 만한 정신적 성취를 이루어내는 경우, 그런 정신이 깃들던 육체가 소멸되어야 한다는 것이 자연의 큰 낭비라고 여겨지기도 한다. 그러나 자연에는 낭비가 있을 수 없으니, 자연은 그러한 손실을 보완하는 길을 마련한다. 자연은 개체의 죽음으로 초래되는 손실을 집단의 누적된 지혜로 보완하는데, 그것이 인류가 진화의 긴 과정에서 도달한 방식이다. 개인의 입장에서 육체의 죽음은 언제나 아쉬운 일이겠지만, 그가 이룬 것 혹은 이루고자 했던 것을 그가 속한 공동체가 이어간다는 것이 위안이라면 위안일지도 모르겠다.

산업화시대 영국에서 시를 쓰고 그림을 그렸던 블레이크William Blake, 1757-1827는 죽음의 또다른 면에 주목한다. 블레이크에게 죽음은 삶에서 배운 모든 것을 잊고 새로운 것을 배우러 가는 과정이다.

사람들은 일하고 슬퍼하고
배우고 잊고 돌아가리라.

자신이 떠나온 어두운 계곡으로

다시 일을 시작하려고.

이 구절은 블레이크의 장시 『네 조아*The Four Zoas*』에 나오는데, 여기서 블레이크는 몇 개의 키워드로 우리의 삶과 죽음을 요약한다. 그에게 삶은 노동과 슬픔으로 채워진 것이다. 우리는 사는 동안 필요한 물질을 얻기 위해 일을 해야 하며, 우리의 행복과 불행의 많은 몫이 일과 얽혀 있다. 우리가 어떠한 일을 하고, 그 일이 어떤 의미를 주느냐에 따라 삶이 의미를 얻기도 하고 살아가는 일이 죽음처럼 여겨지기도 한다. 일 다음에 나오는 단어는 슬픔이다. 삶은 연속되는 슬픔의 파도를 넘는 일이기도 하다. 물론 삶에는 많은 기쁨도 있기에, 그러한 인식이 너무 비관적으로 삶을 바라보는 것이라고 생각할 수도 있다. 그러나 블레이크가 이 시를 쓴 18세기 후반 영국인들의 삶을 들여다보면, 기쁨이 독립적으로 존재한다기보다 슬픔이 없는 상태가 기쁨이라고 생각될 만큼 슬픔이 더 압도적으로 그들의 삶을 지배했다. 당시 영국 사회는 산업화와 도시화가 진행되며 농촌 중심의 전원경제공동체가 무너지고, 노동자들이 도시로 몰려들며 급격하면서도 근본적인 변화를 겪었다. 생산수단을 소유한 자본가들은 더 부유해졌지만, 시장에 내다 팔 수 있는 유일한 상품이 자기 노동력이었던 임금노동자의 삶은 갈수록 피폐해졌다. 당대의 대다수 노동자는 삶이 노동과 슬픔으로 채워져 있다는 말에 공감했을 것이다. 이러한 상황은 오늘날에도 크게 달라지지 않아서, 여전히 우리 삶의 대부분을 차지하는 것이 노동과 슬픔이라고 말해도 그다지 틀리지 않을 것이다.

그다음으로 나오는 배우고 잊는다는 말은 삶에서 죽음으로 넘어가는 과정을 의미하는 것이리라. 우리는 살아 있는 동안 쉼 없이 무엇인가를 배우고 그 배움을 바탕으로 삶을 세워간다. 그런데 죽음은 우리가 쌓아올린 삶의 탑을 송두리째 허물어버린다. 그렇게 죽음은 우리가 이 삶에서 배우고 깨닫고 성취한 모든 것을 두고 떠나야 한다는 사실을 일깨운다. 그런데 여기서 '잊는다'라는 구절에는 어쩌면 다른 차원의 의미가 있는지도 모른다. 우리가 어떤 방식으로든 죽음의 세계에서 존재할 수 있다면, 그 세계는 우리가 아는 세계와는 전혀 다를 것이다. 그렇기에 거기에서는 이 삶에서 배운 것들이 아무 쓸모가 없고, 그 세계를 지배하는 새로운 질서와 새로운 존재 방식을 다시 배워야 할 것이다. 그것이 이 시의 마지막 구절 "다시 일을 시작"한다는 말의 의미일 것이다. 죽음이 찾아오면 우리가 떠나온 어두운 계곡으로 다시 돌아가야 하지만, 그곳에서 무엇이 우리를 기다리고 있는지 알지 못한다. 우리는 그곳을 지배하는 또다른 형식의 존재 방식에 대해 새롭게 배워야 할 텐데, 이것이 블레이크가 말하는 죽음의 의미이기도 하다.

죽음이 삶이 이루어낸 모든 것을 사라지게 한다는 점에서, 살아 있다는 것은 참으로 귀하게 여겨야 할 축복이다. 그러나 우리는 그렇게 귀한 삶에서 때로 지치기도 한다. 삶에서 어떤 의미를 찾지 못할 때는 외려 죽음이 반갑게 여겨지기도 한다. 삶에 지친 우리를 죽음이 해방시킨다고 믿기 때문이다. 다우슨Ernest Dowson, 1867-1900. 영국의 시인이자 소설가. 드라마 작가의 「마지막 말A Last Word」이 그런 이야기를 들려준다.

이제 갑시다. 이제 밤이 다가오고
낮은 지쳤고, 새는 모두 날아갔다오.
그리고 우리는 신이 뿌린 것을 거두었다오.
절망과 죽음 말이오. 깊은 어둠이 땅을 덮고
올빼미처럼 품고 있다오.
우리는 웃음과 눈물을 이해하지 못하오.
우리는 스쳐지나는 허영만을 알았기에.
오직 헛된 것만이 우리의 타락하고 지향 없는 무리를 이끌었다오.
이제 갑시다. 어딘가 낯설고 차가운 곳,
정의로운 자와 정의롭지 못한 자가 자기 노고의 끝을 알게 되는
　텅 빈 땅으로.
나이든 자에게 휴식이, 모두가 사랑과 두려움과 욕망으로부터
자유를 얻는 곳으로 말이오.
우리의 찢어진 손을 서로 엮읍시다. 오 대지가 삶에 지친 마음을
　감싸안아

흙으로 만들 수 있도록 기도합시다.

그리스 신화에 따르면 인간의 수명은 세 운명의 여신 모이라이 Moirai가 정해주는 실의 길이로 결정되는데, 이 여신들의 이름은 그리스어로 '각자의 몫'이라는 뜻이다. 한 명이 실을 잣고, 다른 이가 그 실을 감고 마지막 여신이 실을 자르면, 그 실의 길이가 곧 한 사람의 수명이 된다. 그런데 자기에게 허용된 그 생명의 실이 손가락 사이로 빠져나가는 동안 그 실이 어떤 의미의 직물도 짜내지 못하고, 그 어떤 의미의 문양도 새기지 못한다고 느끼는 사람이 많다. 그럴 때 그들은 의미 없이 흘러가는 삶의 나날 속에서 죽음을 갈망하기도 한다. 다우슨의 말대로 삶이 우리에게 안기는 "웃음과 눈물"의 참된 의미를 이해하지 못하고, 그저 "스쳐지나는 허영"에 이끌리는 삶은 사람을 지치게 한다. 그렇게 삶이라는 낮에 지치면, 차라리 죽음의 밤을 반기게 된다. "사랑과 두려움과 욕망으로부터" 풀려나 "자유를 얻는" 것이 죽음이기 때문이다.

죽음은 모두를 평등하게 만든다. 살아 있는 사람들 사이에 존재하는 차이와 구별을 지우는 것이야말로 죽음의 가장 뚜렷한 특징이자 능력이다. 르네상스시대의 시인 셜리James Shirley, 1596-1666는 「죽음, 공평하게 하는 자Death, the Leveller」에서 죽음에 대해 이렇게 말한다.

제1부 마침내 죽음을 만나다

우리 피와 당당함의 영광은

그림자일 뿐, 실체가 없도다.

운명에 맞설 무기가 없구나.

죽음은 왕들에게 얼음처럼 차가운 손을 드리운다.

왕홀과 왕관도

반드시 무너져내리고

무덤에서는 보잘것없는 휘어진 낫과 삽과

같구나.

칼을 가진 어떤 이들은 들판을 휩쓸고

자신들이 살인한 곳에서 새롭게 월계나무를 심으리라.

하지만 그들의 강한 배포도 마침내 굴복하리라.

그들은 이르든 늦든

운명에 굴복하고

창백한 포로가 되어 죽음으로 기어갈 때

웅얼대는 숨을 포기해야 하리라.

화환이 그대 이마에서 시들면

그대의 엄청난 업적을 더는 자랑하지 못하리!

이제 죽음의 자줏빛 제단에

희생자가 된 승자가 피 흘리는 것을 보라.

그대 머리는

차가운 무덤으로 가야만 하리라.

정의로운 자의 행위만이

흙 속에서 감미로운 향기 내고 꽃 피우리라.

죽음은 언제나 평등을 지향한다. 왕홀을 들고 왕관을 쓰고 다른 이들을 지배하던 자도 낫과 삽을 들고 흙을 만지던 이들과 같아지는 것이 죽음이다. 셜리가 시를 썼던 시대, 지금보다 신분에 따른 차별이 심했던 시대에 차별의 서러움을 겪은 이들은 죽어서는 그런 차별을 겪지 않아도 되니 죽음에서 위안을 얻었을지도 모르겠다. 그런데 때로는 죽음 또한 공평하지 않다는 생각이 들 때도 있다. 재능 있는 사람과 지혜로운 사람이 때 이른 죽음을 맞고, 탐욕스러운 자가 오래 권력을 누리며 세상을 어지럽힐 때 그런 생각을 하게 된다. 그러나 죽음은 정의로운 자와 그렇지 않은 자를 구분하지 않는다. 이 시의 마지막에서 정의로운 자는 죽어서도 좋은 향내를 남긴다는 말은 그의 행적이 뒤에 남은 사람들에게 좋은 본보기가 된다는 것일 뿐, 정의로운 사람이든 그렇지 않은 사람이든 죽음의 손아귀에 들어가는 것은 마찬가지이다.

다우슨이 말하는 지친 삶으로부터 자유를 주는 죽음, 그리고 셜리가 말하는 살아 있는 사람 사이의 차이와 구분을 지우는 죽음에 대한 사유를 먼저 보여주었던 이는 셰익스피어William

Shakespeare, 1564-1616 다. 그는 『심벨린Cymbeline』에서 이렇게 말한다.

이제 더는 두려울 것 없네, 태양의 열기도

사나운 겨울의 분노도,

이 세상일 다 끝냈으니,

그대 보수를 받고 고향으로 돌아가네.

청춘 남녀도

굴뚝 청소부처럼 흙으로 간다네.

이제 지체 높은 이의 찡그린 얼굴 두렵지 않고,

폭군의 매질도 미치지 못하네.

이제 먹는 일, 입는 일 신경쓸 것 없고

그대에겐 갈대도 참나무와 다를 것 없네.

제왕도 학자도 의사도 다 같이

뒤따라 흙으로 간다네.

이젠 번갯불도 두렵지 않고,

끔찍한 벼락도 무섭지 않네.

성급한 비방도 비난도 두렵지 않네.

기쁨도 슬픔도 다 끝났다네.

젊은 모든 애인, 모든 애인이

그대 따라 흙으로 돌아간다네.

마술사도 그대 괴롭힐 수 없다네!
마법도 그댈 유혹하지 못한다네!
망령도 그댈 건드리지 않는다네!
액운도 그댈 가까이 하지 못한다네!
조용히 생을 끝내어
그대 무덤에 영광 있으라!

죽음은 이 세상에서의 모든 노고가 끝나는 것, "이제 먹는 일, 입는 일"과 같은 삶의 고된 노역에서 풀려나 자유를 얻는 것을 의미한다. 아울러 죽음은 살아 있는 이들 사이에 존재하는 차이를 지운다. 죽음 앞에서는 갈대와 참나무도 차이가 없으며, 제왕이나 학자, 의사 같은 이들과 청소부 사이의 차이도 없다. 셰익스피어가 살았던 시대의 영국에는 엄격한 신분의 구분이 있었으니, 죽음은 신분 차별의 서러움으로부터 해방되는 것이기도 했다. 또 죽음은 우리의 운명을 좌우한다고 여겨지던 온갖 마술사, 마녀, 망령, 액운으로부터도 해방되는 것을 의미한다. 죽음은 그렇게 세상의 모든 억압에서 풀려나는 것이다.

세상의 모든 억압에서 풀려난 자들이 죽음에서 누리는 축복은 평화와 안식이다. 셰익스피어는 고향 스트랫퍼드Stratford에 있는 성

영국 스트랫퍼드에 있는 성삼위교회의 묘지

스트랫퍼드 성삼위교회 내 셰익스피어가 묻힌 곳

삼위교회Holy Trinity Church에 묻혀 있다. 그가 어렸을 때 세례를 받은 곳이기도 하다. 이 교회 안에 들어서면 예배당이 있는 곳 반대쪽 벽면 아래에 그의 무덤이 있는데, 그를 덮고 있는 석판에 다음 문구가 새겨져 있다.

> 친애하는 이여, 부탁하노니
> 여기 묻힌 이를 파내지 말기를.
> 이 석판을 건드리지 않는 이에게 복을
> 내 유골을 움직이는 자에게 저주 있기를.

죽은 자는 이제 세상살이의 고단함에서 벗어나 평온한 안식을 누리고 있으니 이를 방해하지 말라는 뜻이 담겨 있다. 셰익스피어 자신은 상대적으로 부유했고 세속적 명성을 누렸지만, 그의 무덤을 조성한 이들은 그에게도 죽음이 주는 안식이 중요하다고 여겼다. 그러니 셰익스피어보다 더 힘겨운 삶을 살았던 그 시대 대부분 사람에게 죽음이 주는 평화와 안식은 더없이 귀하게 생각되었을 것이다.

우리는 안식安息이라는 말로 죽은 이들이 누리는 평온한 잠과 같은 휴식을 표현하거나 혹은 죽은 이들에게 그러한 휴식이 깃들기를 기원한다. 죽음이 우리에게 안식을 허락한다면, 그것은 살아서 온갖 억압으로 괴로워하던 이들에게는 반가운 일이다. 어느 시대에나 삶에서 행복을 느끼기보다는 삶을 그저 견뎌내어야 하는 형벌처럼 여기는 사람이 많다. 특히 고된 노동과 물질적 결핍을 경험한 영국의 많은 노동자에게 죽음은 삶에서 감당해야 했던 고된 노역에서 풀려나는 것을 의미했다. 영국의 노동자 시인 카니 Ethel Carnie, 1886-1962. 영국의 시인이자 소설가, 여성주의운동가. 본명은 Ethel Carnie Holdsworth가 생각하는 죽음이 그렇다.

이제 어느 것도 그녀를 귀찮게 하지 못하리라.
평화로운 가슴과 평화로운 이마로
얇은 수의 사이로 미소 지으며
지친 눈 감고, 감미로운 입술 창백하구나.
지친 손 가슴에
안식의 기도 속 고이 포개어 얹었구나.
맞출 수 없었던 지친 생계
집과 거리에서의 작은 근심들
초조하고 별도리 없던 밖에서의 기다림.
죽음이 그녀를 신부로 요구했구나.
그의 집은 작고 고요하지만
그대가 지친 손 가슴에 얹고 안식을 취할 때
죽음의 침묵은
눈에 보이지 않는 시냇물 소리보다 더 감미롭네.

「일하는 여성의 묘비명Epitaph on a Working Woman」이라는 시이다. 카니는 노동자 여성이 겪는 삶의 고통을 잘 알았던 시인이다. 가난했던 카니는 열세 살부터 공장에서 일했다. 공장의 먼지와 시끄러운 기계음 속에서도 시를 써 세 권의 시집을 출간했고, 그후 네 권의 동화집, 여러 편의 단편소설과 수많은 신문기고문을 썼다. 카니는 이십대에는 공장을 벗어나 잡지 편집인의 삶을 살았지만, 영국 노동자 여성의 고단한 삶을 누구보다 잘 알았다. 카니가 공장에서 일했던 19세기 후반에서 20세기 초반에 영국의 많은 노동자 여성에게 삶은 가혹하고 비열했다. 그런 이들에게 죽음은 삶보다 더 친절하다고 여겨졌으리라.

3장

죽음의 예감

인생의 가장 흥미로운 아이러니를 이해하게 되었으니,
삶의 가장 친한 짝은 죽음이라는 것을.

니나 버마Neena Verma

생명 있는 모든 존재에게 죽음은 보편적인 것이다. 보편성이란
모든 대상에게 두루 영향을 미치거나 작용하는 성질을 말하는데,
이를 의미하는 영어 단어 'universality'는 우주universe와 연관된
말이다. 죽음의 보편성은 우주로까지 확장된다. 우주를 구성하는
천체와 더 나아가 우주 자체도 삶과 죽음의 변화를 겪는다. 우리
가 아침마다 맞이하는 태양은 오래전 우주의 한 귀퉁이에서 생겨
난 이래 계속 더 뜨겁게 타오르고 있는데, 언젠가는 제 몸에 지닌
연료를 다 태우고 식어갈 것이다. 태양은 제 몸을 불사르며 소멸해
가는 촛불과 같다. 태양이 식으면 태양의 빛에너지에 기대어 사는

지구의 생명체들도 더는 살아남지 못할 것이다. 태양계와 같은 천체 집단을 수없이 많이 품고 있는 우주도 비슷한 운명을 겪게 될지도 모른다. 우주는 대폭발Big Bang 이후 생겨나 서서히 팽창하고 있지만, 언젠가는 중력을 이기지 못하고 수축하게 될지도 모른다. 우주마저도 계속 커가는 제 삶의 몸집을 감당하지 못하는 때를 맞게 될 운명인 것이다.

우주를 구성하는 천체들, 그리고 우주 자체에도 필연적으로 생성과 소멸이 있다는 것은 그 우주에서 티끌처럼 작은 행성인 지구에서 살아가는 모든 생명체의 운명에 대한 가장 강렬한 암시이다. 우리의 운명이 우주의 운명과 무관하지 않기에 우리는 무심코 올려다본 밤하늘에서 우리의 운명에 대한 암시를 받는지도 모른다. 우리 눈에 들어오는 밤하늘의 찬란한 별빛은 대부분 우리가 사는 곳으로부터 적어도 수백 광년 떨어진 곳에서 온 것이다. 우리가 보는 별 중 일부는 그 빛이 우리에게 건너오는 동안에 소멸하여 사라지기도 한다. 그 별을 떠난 빛이 광활한 우주를 쉬지 않고 건너와 우리에게 전하는 것은 곧 종말을 맞을, 자기가 떠나온 별의 운명에 대한 것이리라. 우리는 그 별빛을 보면서 우리 자신의 운명에 대해 생각한다.

죽음이 우리에게 주어진 피할 수 없는 운명이듯, 다가오는 죽음을 예감하는 것도 우리에게 부여된 숙명이다. 죽음을 예감하는 순간 우리는 더없이 숙연해지고 연약한 생명을 짓누르는 온 우주의 무게를 실감한다. 우리가 죽어 누워 있을 때 우리를 짓누르게 될 흙의 무게가 이런 것일까? 아마도 죽음을 예감하는 순간을 가장 뛰어나게 표현한 시는 디킨슨의 시일 것이다.

겨울 오후
한 줄기 빛이 비스듬히 비쳐
대성당 음악의 무게처럼
짓누른다.

그것은 우리에게 천국의 상처를 주지만
흉터 하나 없다.
그러나 의미를 인식하는 곳에서
내적인 변화가 있다.

누구도 그것에 어느 것도 가르칠 수 없다.
그것은 봉인된 절망
대기가 우리에게 건네준
장엄한 고뇌.

그것이 올 때면, 풍경은 귀기울이고
그림자들은 숨을 멈춘다.

그것이 사라질 때면

죽음의 표정에 드리운 거리감 같다. (258)

죽음을 예감하는 순간은 묵직하게 우리를 짓누른다. 그 순간은 오래전 우리가 태어나던 때에 우주 먼 곳에서 시작된 어떤 힘이 광활한 공간을 쉼 없이 건너와 마침내 자신의 존재를 드러내는 때이다. 우리에게 다가오는 거스를 수 없는 어떤 우주적 질서를 확인하는 순간 몸과 마음이 더할 수 없이 예민해진다. 불쑥 계시처럼 다가오는 그 힘을 마음의 미세한 떨림으로 느끼며 그 운명에 순응해야 한다는 것을 깨닫는다. "그것은 봉인된 절망"이며 "대기가 우리에게 건네준 장엄한 고뇌"이다.

죽음을 앞에 둔 이의 모든 감각은 예민해진다. 눈에 보이는 모든 것이 전과는 다르게 느껴진다. 어떤 것이든 영원히 이별해야 하는 눈으로 바라볼 때는 그럴 수밖에 없을 것이다. 삶이 밀물처럼 계속 차오르는 때에는 무리 지어 피는 봄의 벚꽃이나 무성하게 피어나는 여름의 장미처럼 금방 눈에 들어오는 것에 눈을 빼앗기기 쉽고, 삶의 요란한 소리에 귀를 열기 마련이다. 삶이 손가락 사이로 빠져나가는 것을 느낄 즈음에야 비로소 다른 것들을 느끼기 시작한다. 늦가을 산책길에서 여윈 햇살 속에 피어 있는 작은 들꽃을 보는 눈이 생겨나고, 삶의 소음에 가려졌던 자그마한 소리를 들을 수 있는 귀도 열린다. 크랩시Adelaide Crapsey, 1878-1914. 미국의 시인의 「십일월 밤November Night」이라는 시가 그 예이다.

> 귀 기울여보라……
> 희미하게 마른 소리로,
> 지나가는 유령의 발걸음처럼
> 나뭇잎이 서리로 바스락거리며
> 나무에서 부서져 떨어진다.

우리의 눈이 아직 지천으로 피는 봄여름의 꽃을 향하고, 우리의 귀가 아직 삶의 요란한 소리에 쏠려 있으면, 십일월 밤이 어떤 소리를 품고 있는지 알기 어렵다. 다가오는 겨울과 죽음의 계절을 의식할 때 비로소 서리처럼 차가운 십일월 밤의 소리를 듣게 된다. 죽음이 가까울수록 우리의 정신은 더 벼리어지고 감성은 주변 사물에 더 민감하게 반응한다. 우리가 경험하는 모든 것들이 다시는 되풀이되지 않으리라는 것을 깨달을 때 사물은 새롭게 인식되기 시작한다. 우리 삶에 찾아오는 가을은 그런 계절이다.

가을은 다른 계절보다 더 사람의 마음을 휘어잡고 주변을 둘러보게 한다. 가을은 이제는 사라져 더는 찾아볼 수 없는 것을, 아니면 곧 그런 운명을 맞게 될 것을 아쉬움 속에 되돌아보게 한다. 데라메어Walter John de la Mare, 1873-1956. 영국의 시인, 소설가의 「가을 Autumn」은 그러한 삶의 풍경을 잘 그려낸다.

장미가 있던 곳에 바람이

달콤한 풀이 있던 곳에 차가운 비가 있다오.

종달새가 있던 곳에

양떼 같은 구름이 계곡 위로

회색빛 하늘을 흘러간다오.

그대 머리카락이 있던 곳엔 어떤 황금빛도

그대 손길이 있던 곳엔 어떤 따스함도 없어라.

다만 외로운 유령뿐,

가시나무 아래

당신의 얼굴 있던 곳엔 그대의 유령만이

그대 목소리 있던 곳엔 차가운 바람만이 있다오.

내 가슴이 있던 곳엔 눈물, 눈물만이

언제나 나와 함께,

차갑게, 언제나 나와 함께,

희망이 있던 곳에 침묵만이.

이 시는 풍성했던 여름이 지나가고 텅 빈 회색 하늘의 가을이 찾아오는 것으로 시작한다. 계절이 변화하듯, 때로 우리의 마음을 풍성하게 했던 사랑의 여름은 지나가고 사랑하는 이의 유령만이 떠도는 가을로 바뀐다. 사랑하는 이의 목소리와 그를 사랑하던 우리의 가슴과 그 사랑에 대한 희망이 있던 자리를 차가운 바람과 눈물, 그리고 침묵이 대신한다. 텅 빈 가을 풍경은 우리의 삶을 채우던 소중한 것들이 비어가는 것에 대한 강렬한 비유이다. 그렇게 비어가는 삶의 자리를 차지하러 오는 것이 죽음이다.

스산한 늦가을 풍경만큼 다가오는 죽음을 선명하게 떠올리게 하는 것은 없을 듯하다. 그런 가을 풍경을 그려낸 카먼Bliss Carman, 1861-1929. 캐나다에서 태어나 미국에서 활동한 시인의 「미역취 꽃의 유령 마당 The Ghost-yard of the Goldenrod」이라는 시가 있다.

처음 내린 고요한 서리가

미역취 꽃의 유령 마당을 거닐고

따스한 가을의 대지를

자신의 차가운 손으로 만져 시들게 할 때

모두가 사람들이 죽음이라 부르는

그 미묘한 변화를 기다린다. 이상하지 않은가,

걱정이나 부족한 것 없이 다만 한가로운 풀인

그토록 연약하고 그토록 대범한 내가

꼼짝하지 않은 채

최후의 추위가 오기를 기다려야 한다는 것이!

풀은 연약하고도 대범한 존재이다. 풀은 해를 향해 몸을 곧추세우고 서 있기는 하지만 가벼운 바람에도 흔들리는 연약한 존재이다. 하지만 연약한 풀의 생명력은 때로는 얼마나 강한가. 풀은 어느 곳이든 자신이 씨앗으로 떨어진 곳에서 불평하지 않고 뿌리를 내리며 싹과 줄기를 피워올리는 대범한 존재다. 무더운 여름날 도시의 포장된 길과 아스팔트의 먼지 쌓인 틈새에서도 꾸역꾸역 줄기를 밀어올리는 풀의 생명력과 그 맹목적인 생의 의지가 놀랍기만 하다. 그런데 그렇게 연약하면서도 대범한 존재인 풀도 "사람들이 죽음이라 부르는 그 미묘한 변화" 앞에서는 더는 대범할 수 없다. 풀도 다가오는 "최후의 추위"를 기다리며 몸을 움츠린다. 죽음 앞에서는 온 세상이 몸을 움츠린다.

문학에서 생명의 탄생과 소멸에 대한 비유로 자주 등장하는 것은 계절의 순환이다. 계절이 봄에서 여름으로, 그리고 가을과 겨울로 변해가는 사이 모든 생명 있는 존재도 변화를 겪는다. 싹트는 봄처럼 시작되는 생명은 영원할 것처럼 무성히 자라는 여름을 맞는다. 그리고 밖으로 향하던 그 성장이 안으로 침잠되는 가을에 이르러 자신의 삶을 돌아보게 된다. 생의 늦가을에 가장 예민해진 감성으로 돌아보는 사랑은 아마도 셰익스피어의 시와 같으리라.

그대 내게서 한 해 중 그런 때를 보리라
추위에 흔들리는 가지에
누런 잎 다 지거나 몇 개 달렸거나

감미로운 새들 노래했던 성가대석이 텅 빈 그런 때를.

그대 내게서 석양이 서쪽에서 사라질 때 같은

그런 날의 황혼을 보리라

모든 것 안식 속에 봉인하는 죽음의 다른 자아인

검은 밤이 곧 앗아가버리는 황혼을.

그대 내게서 그런 불타오름을 보리라

생명이 소진되고 마는 임종의 침상과 같이

청춘이 타고 난 재 속 누워 있는,

불길 돋우는 재료 탓에 타올라 소진되는 그런 불길을.

그대 이것 알아채고 사랑 더욱 커져

머지않아 이별할 것을 더욱 사랑하리라. (소네트 73)

이 소네트에서 셰익스피어는 사랑의 마지막 가을을 묘사하고 있다. 이 사랑은 곧 다가올 죽음 앞에서 마지막 힘을 다해 타오르는 것이기에, 사랑하는 이가 그것을 알고 자신을 더 사랑해주기를 소망하고 있다. 사랑의 가을은 우리 삶에 대한 강렬한 비유이다. 우리가 아무리 둔감하다 해도 봄의 신록이 여름의 무성함을 거쳐 찬란한 가을의 색으로 변하는 것을 놓칠 수가 없다. 그리고 잠깐 타오르는 가을의 강렬한 색채 뒤에 어떤 색의 계절이 기다리고 있는지도 알기에, 가을의 색은 우리에게 특별히 다가온다. 가을의 빛이 그토록 선명하고 강렬한 것은 곧 꺼지게 될 빛이 아주 잠깐 온 힘을 다해 타오르기 때문이리라. 그렇게 남은 힘을 소진하고 나면 가을은 그저 차가운 죽음의 잿빛으로 변하고 만다.

4장

마침내 죽음이 찾아와

죽음은 인간 만사의 궁극적 가장자리이다.

호라티우스Horatius

우리의 존재가 육체와 영혼이라는 서로 구별되는 두 부분으로 이루어져 있는가에 대해서는 저마다 생각이 다를 것이다. 영혼이 존재한다고 믿는 이들은 대개 영혼이 영원히 살며 죽지 않는다고 생각한다. 그렇기에 한 인간이 세상을 떠날 때 죽음을 경험하는 것은 육체뿐이다. 스웬슨May Swenson, 1913-1989. 미국의 시인, 극작가은 「질문Question」이라는 시에서 몸이 죽으면 자신이 깃들던 거처를 잃은 영혼은 어떻게 될까 하는 흥미로운 질문을 한다.

내 집,

내 말馬, 내 사냥개인 육체여
그대가 쓰러지면 어떻게 하지

어디서 잠을 자고
어떻게 타고 다니며
무엇을 사냥할까

아주 열성적이고 빠른,
내 말 없이
어디로 갈까
내 착하고 영리한 개犬인
몸이 죽으면
눈앞 덤불 속에
죽음이 있을지 보물이 있을지
어찌 알까

하늘 아래
지붕과 문 없이
눈에 바람을 맞으며 누우면
어떻게 될까

구름이 바뀌면

어떻게 숨을까

죽음이 우리에게 가져오는 가장 불행한 결과는 몸이 죽는 것이다. 스웬슨의 시는 몸이 죽으면 몸에 깃들어 살던 영혼도 의지할데가 없어진다는 생각에 바탕을 둔다. 영혼을 믿지 않는 사람은 있지만, 몸이 존재한다는 것을 부인하는 사람은 없다. 우리에게 몸이있다는 것은 큰 축복이다. 공상과학 영화에서처럼 외계의 어떤 생명체가 육체 없이 정신 혹은 지성의 형태로 존재하는 것이 가능할지 모르지만, 내게는 몸이 있기에 비로소 경험할 수 있는 많은 것이 귀하고 소중하다. 사랑하는 이의 제라늄처럼 순하게 붉은 입술을 바라보고, 여름날 무리 지어 핀 라벤더 꽃의 향기를 맡고, 내 손가락을 움켜쥔 아이의 작은 손을 통해 전해오던 생명의 따뜻함을느낀 것도 몸이 있기에 가능했다.

그런데 죽음은 몸으로 경험하던 모든 것을 더는 가능하지 않게만든다. 붉게 물드는 저녁노을을 바라보는 것도, 여름 소나기가 피워올리던 흙냄새를 맡는 것도, 가을 아침의 청명한 대기를 서늘해지는 이마로 느끼는 것도 더는 가능하지 않다. 그뿐이겠는가. 우리가 느끼는 모든 감정은 어떤 경로이든 몸을 거치지 않고는 형성되지 않고, 몸을 통해 나타나는 변화를 동반하지 않는 경우가 없다. 가슴이 뛰는 것이 아니라면 다른 어떤 방식으로 사랑의 마음이 경험될 수 있을지 모르겠다. 그렇게 몸은 우리 존재의 기반을 형성한다.

　그런데 죽음은 몸이 경험하는 그 놀라운 감각의 바다를 사라지게 한다. 그리고 기억에 퇴적된 몸의 경험도 같은 운명을 맞게 된다. 죽음은 어떻게 몸이 경험하는 거대한 감각의 제국을 사라지게 하는 것일까? 디킨슨의 시가 그 과정을 얘기한다.

　　내 머릿속에 장례식을 느꼈네
　　애도하는 이들이 오가며
　　계속 걸어 다녔네—걸어 다녔네—
　　마침내 감각이 통하는 것 같았네—

　　애도하는 그들 모두가 자리에 앉으니
　　장례식이, 북처럼—
　　계속 울렸네—울렸네—
　　마침내 마음이 마비되고 있다고 생각했네—

　　그때 그들이 관을 들어올리는 소릴 들었네
　　내 영혼을 가로질러 삐걱대는 소리
　　같은 납 신발을 신고, 다시,
　　그러다 공백—울리기 시작했네

모든 하늘이 종鐘인 것처럼

그리고 존재, 하지만 귀 한쪽뿐,

그리고 나, 그리고 침묵, 어떤 이상한 경쟁

부서지고, 외로운, 여기에—

그러다 이성 안의 널빤지가 깨졌다네

그리고 아래로 내려졌다네, 아래로—

어떤 세상에 가 닿았지, 매번 던져질 때마다

아는 것이 끝났다네—그러고는— (280)

이 시는 죽은 이의 시선으로 몸이 죽음을 맞는 과정을 세세히 묘사한다. 죽은 이가 관에 뉘여 장례식장에 안치되고, 관이 장지로 운구되고, 파놓은 땅속으로 내려져 마침내 이 세상에 대해 그가 아는 모든 것이 끝나는 과정이 순서대로 묘사된다. 죽은 이는 관에 갇혀 더는 볼 수가 없기에 그에게는 듣는 감각만이 남아 있다. 귀는 그와 세상을 연결하는 마지막 다리이다. 죽은 이는 그 귀로 장례식장에서 사람들이 오가는 분주한 발걸음 소리와 장례식이 진행되는 소리를 듣는다. 그리고 그들이 나무 관을 들어올릴 때 관이 삐걱대는 소리와 관을 멘 사람들의 납처럼 무거운 발소리를 듣는다.

관이 운구되어 장지에 가서 멈춘다. 죽은 이의 존재는 이제 귀 한쪽으로 졸아들어 있다. 그는 한쪽 귀로 세상에 자신을 붙잡아 두려고 하지만, 세상은 그를 영원한 침묵 안에 가두려 한다. 장지에서 행해지는 마지막 설교와 장례 의식은 침묵 속에 조용히 진행된다. 그렇기에 더 들으려 하는 죽은 이와 그를 가두려 하는 침묵 사이에는 이상한 경쟁 관계가 형성된다. 그러나 그 경쟁은 죽은 이가 이길 수 없는 싸움이다. 그는 침묵 속에 홀로 외롭게 남겨질 것이다. 관이 내려져 마침내 더는 내려갈 수 없는 곳에 다다르고, 그것으로 그가 이 세상에 대해 아는 모든 것이 끝난다. 그렇게 그는 귀가 더는 들을 수 없는 곳에 이르러 온전한 침묵의 세상을 만난다. 죽은 이는 이렇게 몸의 변화, 몸이 감각의 영토를 잃는 과정을 거쳐 세상과 단절된다.

한편 죽음은 죽은 이의 사회적 지위를, 그가 살아 있는 사람들과 맺은 관계를 크게 바꾸어놓기도 한다. 디킨슨의 또다른 시가 그러한 상황을 잘 그려낸다.

모두를 기다리는 한 가지 위엄—
어느 관冠을 쓴 오후—
누구도 이 자줏빛을 피할 수 없네—
누구도 이 왕관을 비켜 갈 수 없네!

마차와 시종을 보장하고—
방과 장엄함과 군중을—
마을의 종소리도,
우리가 장대하게 행렬을 이루어 갈 때!

얼마나 위엄 있는 수행원들인가!
우리가 멈출 때 얼마나 멋진 의식인가!
헤어질 때 얼마나 충성스럽게
모자 들어 인사하는지!

지체 높은 이들을 능가하는 얼마나 대단한 화려함인가,
미천한 그대와 내가
보잘것없는 신분을 내려놓고
죽을 지위를 청구할 때! (98)

   죽음에 대해 말할 때 우리는 흔히 죽음에 대한 두려움, 남겨진 이들의 슬픔, 부활에 대한 소망 등을 얘기한다. 그러나 디킨슨은 이러한 얘기 대신 죽음이 어떻게 죽은 이의 사회적 지위를 바꾸는가를 말한다. 사회적 지위가 낮은 이가 죽어도 우리는 그가 살아서는 누리지 못했던 정중한 예우를 베푼다. 그는 장지로 나갈 때 마차를 타고, 시종들이 호위하듯 사람들이 무리 지어 그 마차를 뒤따른다. 그렇게 성대한 행렬을 이루어 마을을 떠나갈 때 교회의 종탑에서는 종소리가 울린다. 마침내 장지에 이르면 다시 엄숙한 의식을 치르고 사람들은 모자를 벗어 정중하게 예를 갖추어 작별 인사를 한다. 그렇게 우리는 죽음이 베푸는 특별한 신분과 지위를 얻는다.

대개 살아 있는 이들은 죽은 자에게 관대하다. 우리는 죽은 이의 미덕을 과장하고, 평소에 평판이 좋지 않던 사람에 대해서도 비난을 삼가거나 목소리를 낮춘다. 사회적 지위가 높은 사람은 말할 것도 없고, 낮은 사람에게도 그가 살아서 받던 대접보다는 후한 장례를 베푼다. 살아서는 가마 탈 일이 없던 미천한 신분의 사람도 죽으면 꽃으로 장식한 가마를 타고 자신이 누울 곳으로 간다. 자기 땅 한 뼘 없이 남의 땅을 일구며 살던 사람도 죽으면 한 평 남짓한 땅을 차지하고 눕는다. 처음으로 임대료를 걱정하지 않아도 되는, 온전한 자기 소유의 땅을 갖게 되는 것이다. 언젠가는 그 땅을 다른 이에게 내놓게 될지라도 말이다.

어느 문화권에서나 장례 의식은 특별하다. 우리는 삶에서 일어나는 여러 일들, 예를 들어 탄생, 성년, 결혼, 출산 등을 특별히 여기고 기념한다. 장례도 그러한 특별한 일 중 하나이지만, 대개 장례는 더 긴 시간을 들이고 더 복잡한 절차를 거친다. 우리의 전통적 관혼상제에서도 상례喪禮는 특별히 복잡하고 제의적이다. 우리는 왜 그렇게 죽은 이를 특별하게 대접하는 것일까. 아마도 죽은 이를 다시는 볼 수 없는 곳으로 영원히 떠나보내는 일이기 때문이겠지만, 더 근본적인 이유는 살아 있는 이들이 죽은 이의 장례식에서 자신의 운명을 읽기 때문일 것이다. 다른 이의 죽음이 곧 나에게도 닥칠 일이라는 생각이 무의식적으로 우리의 옷깃을 여미게 한다. 그렇게 다른 이의 죽음은 내 삶의 깊숙한 곳까지 스며든다.

한 사람의 죽음은 마치 호수에 던져지는 조약돌 같아서 사방으로 작은 잔물결을 일으킨다. 디킨슨의 또다른 시가 그것을 말한다.

길 건넛집에 초상이 났다네
바로 오늘—
그런 집에 언제나 있는
마비된 표정으로 안다네—

이웃들이 들락거리고—
의사가—마차를 몰고 떠나네—
창문이 콩깍지처럼 열리고—
갑자기—기계적으로—

누군가 매트리스를 내던진다네—
아이들이 서둘러 몰려들어—
그 위에서 죽은 것인지—궁금해하네—

나도—소년이었을 때 그랬지—

목사가—마치 그 집이 자기 집인 양—
뻣뻣하게 들어와—
이제—애도하는 이들을 소유하네—
곁에 있는—작은 아이들도—

그리고 모자 장수—
그리고 그 무서운 직업의 남자가—
집의 치수를 재러 오네—
그 어두운 행렬이 있겠지—

장식 술과—마차의 행렬이—곧—
안내판처럼 분명하다네—
시골 마을의—
소문에 대한 직감—(389)

    이 시는 죽음을 직접 말하지 않는다. 다만 작은 마을의 어느 집에서 사람이 죽었을 때, 건너편 집에서 바라본 그 집의 변화를 묘사할 뿐이다. 작은 마을에 죽음이 찾아오면 마을 사람들은 직감적으로 그 변화를 알아차린다. 죽음은 마을을 미세하지만 분명하게 바꾸어놓는다. 죽음이 찾아온 집은 특별하게 마비된 표정을 띤다. 장례를 준비하는 사람들이 분주히 오가며 문이 기계적으로 열렸다 닫히기를 반복한다. 그 집에서는 죽은 이가 쓰던 매트리스를 창밖으로 내던진다. 아이들은 우르르 몰려가 그 매트리스가 죽은 이가 쓰던 것인지 확인하려 한다. 아이들에게는 죽음도 그저 호기심의 대상일 뿐이다. 장례가 진행되는 동안 죽은 이와 그가 살던 집의 소유권을 손에 쥔 이는 장례를 주관하는 목사이다. 이제 장례 때 쓸 모자의 치수를 재러 모자 장수가 오고, 또 무시무시한 직업인 장의사가 죽은 자의 집이 될 관의 치수를 재러 온다. 이제 곧 느리고 어두운 장례 행렬이 마을을 빠져나갈 것이다. 누가 찾아와 알리지 않더라도 건너편 집에 죽음이 찾아온 것을 직감적으로 알게 된다.

한 사람의 죽음은 그가 살던 곳에 작은 파문을 일으킨다. 죽음이 찾아온 마을에는 무엇인가 일상을 벗어난 작은 변화들이 가득하다. 하늘은 더 낮게 내려앉고, 대기는 더 무겁게 가라앉는다. 사람들의 표정은 더 엄숙해지고 자그마한 행동 하나도 제의적으로 변한다. 죽음은 그렇게 그가 살던 곳을 다르게 바꾼다. 사람이 죽을 때마다 그것이 우주에 커다란 구멍을 내지는 않지만, 잔잔한 호수에 던져지는 조약돌처럼 작은 파문을 일으킨다. 죽는 이는 곧 물속으로 가라앉아 보이지 않게 되지만, 그가 사라지면서 남기는 작은 물결은 한동안 남는다. 머지않아 그 물결마저 가라앉게 될지라도.

5장

묘지의 풍경들

두려운 진실은 묘지가 모든 사람의 최종 목적지라는 것이다.

킬로이 올드스터Kilroy J. Oldster

영국 작가 데라메어는 시, 소설, 드라마, 동화, 논픽션 등 여러 장르에서 많은 작품을 남겼다. 많은 독자가 그를 뛰어난 동화 작가로 기억하고 있지만, 그는 좋은 시도 많이 썼다. 「빈집The Empty House」은 읽는 이의 마음을 숙연하게 하는 시이다. 아무도 찾지 않는 외진 곳에 오래된 집이 한 채 서 있다. 오랜 세월 사람이 살지 않은 집은 이제 서서히 무너져내리고 그 자리는 폐허로 변하고 있다.

거대한 가지가 있는 나무들 아래

이 집을 보라. 얼마나 어두운가!

떨리는 나뭇잎 하나도

하늘에서 주시하는 자에게

외치지 않는다.

"하늘의 순리를 모르며

그토록 격렬하게 빛나는 달이여

거두어라, 거두어라, 그대의 수색하는 눈길을.

오래 생각지 말아다오

보이지 않게 감추어진 비밀을."

"비밀들." 밤바람이 한숨짓는다.

"공허만이 내가 발견하는 모든 것

내가 찾은 모든 열쇠 구멍이, 부르는 소리를 비탄으로 울린다.

희미하게 슬프게.

어떠한 목소리도 내게 답하지 않고

공허뿐."

"한때는, 한때는……" 귀뚜라미가 날카롭게 운다.

멀리서 가까이서

고요가 그 작은 목소리를 채우다가

다시 침묵으로 잦아든다.

침묵하는 그림자가 느리게 기며

시간이 어떻게 흐르는지 말해준다.

모든 석재가 느리게 삭아간다.

불어오는 아주 작은 바람이
어떤 미세한 원자를 흔들고,
지붕과 벽에 어떤 조바심 내는 폐허를 만든다.
얼마나 어두운가,
이 가지 무성한 나무들 아래서!

거대한 나무들 아래서 빈집 하나가 무너져내리고 있다. 이 집에는 이제 사람 대신 고요와 정적이 들어와 살고 있다. 이 집이 왜 비게 되었는지는 알 수 없는 비밀이다. 그렇기에 밖에서 부르는 소리에도 응답하지 않는 이 집을 채우고 있는 것은 "비밀들"과 "공허"이다. 집은 그 비밀을 달빛에도 드러내려 하지 않는다. 시간이 멈추어선 듯하지만, 이 집 위로 지나가는 해가 드리우는 그림자의 느린 움직임으로 시간이 여전히 흐르고 있다는 것을 알 수 있다. 그렇게 시간이 흘러가며, 집을 지은 재료였던 단단한 석재마저 느리게 삭아간다. 석재를 구성하고 있는 작은 원자 알갱이들은 아주 미세한 바람에도 흔들리고 조바심 내며 그 자재의 형상에서 풀려나 원자 본래의 모습으로 돌아가고 있다. 그리고 집이 있던 그 자리는 폐허로 변해간다. 가지가 거대하고 잎이 무성한 나무들 아래서, 그렇게 집은 천천히 자신의 몸을 허물고 있다.

비밀에 싸인 채 자신을 허물고 있는 이 집은 무엇인가? 이 집은 어쩌면 고립되고 외로운 마음의 상태를 비유적으로 표현한 것인지 모른다. 그보다 이 집을 무덤이라고 부르는 것이 좋을 것 같다. 무덤은 그렇게 비밀을 간직한 채 그곳에 누운 이의 몸이 서서히 해체되는 흔적이 남아 있는 곳이다. 삶이 세워놓은 것들이 무너져내려 삶의 자취가 지워지는 것이 죽음이고, 그렇게 죽음이 찾아온 후에도 남아 있는 삶의 희미한 흔적이 무덤이다.

미국 시인 프로스트Robert Frost, 1874-1963의 시「유령의 집Ghost House」은 빈집과 무덤을 더 분명히 연관 짓는다.

나는 내가 아는 외로운 집에 산다.
그 집은 여러 해 전에 사라져
지하 저장고 벽 말고는 아무 흔적도 남지 않았다.
지하 저장고에는 한낮 햇살이 내리고
자줏빛 줄기의 야생 나무딸기가 자란다.

무너진 담장 너머로 포도 덩굴이 덮이고
깎여진 잔디밭으로 숲이 다시 돌아오고
딱따구리가 쪼는 곳에서 과수나무는
새 숲과 묵은 숲이 한 무리로 어우러지고
우물가로 난 길이 다시 야생으로 돌아간다.

나는 이상스레 마음이 아픈 채 산다.

이제는 인적 없고 잊힌 길 위

저기 멀리 떨어진 사라져간 집에서

두꺼비가 흙목욕하는 곳도 없는 곳에서.

밤이 온다. 검은 박쥐가 구르다가 달아난다.

쏙독새가 와서 외쳐 울고

침묵하다 쏙독대다 날갯짓한다.

새가 와서 소리를 크게 내기 전에

난 멀리서, 여러 번 새가 자기 소리를

시작하는 것을 듣는다.

작고 어두운 여름 하늘 아래다.

빛 들지 않는 이곳을 나와 함께 나누어 쓰는

이 침묵하는 이들이 누구인지 모르겠다.

밖에 낮은 몸통의 나무 아래 비석들이 있고

의심할 것 없이 이끼에 가려진 이름이 있으리라.

그들은 지치지 않는 사람들, 하지만 느리고 슬픈 자들

비록 가까이 있는 두 사람이 총각과 처녀지만

그들 중 누구도 노래하지 않는다.

하지만 얼마나 많은 것들이 있는지 생각하면

누구 못지않은 다정한 짝이리라.

이 시에는 폐허로 변해버린 집이 등장한다. 집은 땅 위에 세워졌던 구조물이 이미 다 무너져내렸고, 지하 창고의 내벽마저 햇볕에 노출되어 있다. 그리고 거기로 야생딸기 넝쿨이 뻗어와 자란다. 집이 세워지기 전의 야생 상태로 돌아가는 중이다. 마당이었던 곳에서는 잘 다듬어졌던 잔디밭이 이제 넝쿨로 뒤덮이고, 돌보는 이 없는 과수원도 딱따구리가 사는 야생의 숲으로 돌아가고 있다. 우물가로 났던 길도 흔적이 남아 있지 않다. 그렇게 사람이 자연에 낸 모든 흔적이 사라지고 자연은 본래의 모습을 회복중이다.

이 빈집에 사는 이는 자신의 집이 폐허로 변해가는 모습을 보며 이상스레 마음 아프다. 그런 그에게 밤이 찾아오고 쏙독새가 운다. 그가 누구일까 하는 궁금중은 시의 뒷부분에 가서야 풀린다. 그는 자그마하고 어두운 하늘 아래 침묵하는 자들과 함께 누워 있다. 어두운 하늘과 침묵하는 자들이라는 표현이 암시하듯 그는 죽어 땅 아래 묻힌 사람이다. 그런데 그는 자기와 함께 누운 이들이 누구인지 궁금하다. 몸을 일으켜 땅 위로 가보면 비석이 있겠지만 이끼가 비석을 덮어 아마도 그들의 이름을 읽을 수 없을 것이다.

시의 마지막에서 그는 자기 옆에 누운 두 남녀에 관한 이야기를 한다. 두 사람은 서로 사랑했던 사이였을 것이다. 그들은 지치지 않는, 그리고 느리고 슬픈 사람들이다. 이제 더는 몸을 움직이지 않기에 지치지 않는다는 것일까? 아니면 서로 사랑하는 마음은 죽어서도 조금도 줄어들지 않는다는 것일까? 두 남녀는 서로 가까이 있지만 삶을 노래할 수는 없다. 그들은 살아 있는 사람들이 누리는 삶의 축복을 누릴 수 없기에 슬픈 이들이다. 하지만 두 사람이 그렇게 가까이 한자리에 누워 있다는 것은 그래도 많은 것을 가진 것이 아니겠는가. 서두르지 않고 다정히 끝없는 이야기를 나눌 수 있는 동료가 되었으니.

그런데 이 이야기를 들려주는 이는 왜 집이 폐허로 변해가는 것에 이상스레 마음이 아픈 것일까? 그는 두 남녀의 슬픈 이야기를 들려주면서 은연중 자신의 슬픔을 떠올리는 것이리라. 집이 폐허로 변해가듯이, 그에게도 죽음이 찾아와 그의 삶도 그렇게 무너져 내렸다. 그리고 지금은 그의 육체마저도 그렇게 부서져가는 중이니, 슬픈 일이다.

묘지는 삶이 끝나는 곳에, 그리고 죽음이 시작되는 곳에 자리한다. 그곳은 삶과 죽음이 경계를 맞대고 있는 곳이다. 묘지의 풍경은 언제나 세상이 이끄는 것과는 다른 방향으로 사람의 마음을 사로잡는다. 디킨슨의 시는 묘지를 이렇게 묘사한다.

무덤의 색은 초록빛—
내 말의 의미는—외부의 무덤
들판의 색과 구분하기 어려우리—

무덤에는 비석이 있다는 것 말고는—

사랑하는 이를 돕기 위해—찾을 수 있도록—
너무도 무한히 잠들어
멈추어 그곳이 어디인지 말할 수도 없는—
그래서 데이지 꽃 한 송이—깊이—

무덤의 색깔은 흰색
내 말의 의미는—외부의 무덤
눈보라와 구분하기 어려우리—
겨울에는—해가—

길을 낼 때까지는—
그러면—땅보다 높게
작은 머무는 집이 솟아올라
거기에는 각자가—친구를 남겨두었지—

무덤의 안쪽 색깔은—
복사된 것—내 말은
모든 눈도 그것을 희게 만들 수 없고—
모든 여름도 그것을 만들 수 없다네—초록으로—

당신도 그 색깔을 보았겠지—어쩌면—

모자 위에 두른 것을—

당신이 그것으로 전에 만났던—

흰 족제비—찾을 수 없네— (411)

여름과 겨울의 무덤은 외형적으로 그곳이 무덤이라는 뚜렷한 특색을 지니지 않는다. 여름의 무덤은 다른 곳과 마찬가지로 푸른 풀로 덮여 있어 비석이 없으면 그곳이 죽은 이가 누운 자리라는 것을 알기 어렵다. 눈 덮인 겨울의 무덤도 마찬가지이다. 무덤 밖의 세상이 여름의 초록빛과 겨울의 흰빛으로 계절에 따라 색이 바뀌듯, 무덤도 외형적으로는 무덤 밖 세상처럼 그렇게 철 따라 초록과 흰옷으로 갈아입는다. 그러나 진정으로 무덤을 다른 세상과 구분 짓는 곳이 있으니 바로 땅 아래 죽은 이가 묻힌 공간이다. 그곳으로는 여름의 초록과 겨울의 흰색이 찾아오지 않는다. 차갑고 좁은 방에 어둠만이 깃든다.

무덤 속 세상이 밖의 세상과 구별되듯, 무덤들이 모여 있는 묘지는 묘지 밖 세상과 구분된다. 무리 지어 솟아오른 흙무더기들과 그 앞에 가지런히 놓인 다양한 모양과 크기의 묘비들, 죽은 자들이 누워 있는 어두운 회색의 방과 대비되는 초록으로 펼쳐진 풀밭, 그리고 그 공간을 지배하는 고요와 정적, 그곳에 낮게 드리운 밀도

높은 공기, 이 모든 것들이 묘지를 특별한 공간으로 만든다. 그 공간에 들어가는 순간 우리는 이 세상과는 다른 공간에 있다는 것을 느낀다. 말소리가 조용해지고 행동이 조심스러워지고 생각도 차분히 가라앉는다. 그곳에서는 기울어진 물속을 걷는 것처럼 모든 것이 느려지고 깊어진다.

묘지는 우리가 대부분의 시간을 보내는 삶의 분주한 영역과는 다른 곳이다. 밖의 세상이 온갖 소음으로 가득찬 곳이라면, 묘지는 절대적 고요가 자리잡은 곳이다. 그곳에서는 고요와 정적을 깨는 어떤 것도 경박하게 여겨진다. 오스트레일리아 시인 크로퍼드Robert Crawford, 1868-1930의 「그녀의 무덤Her Grave」이 그러한 묘지의 모습을 잘 그려낸다.

그녀 무덤의 꽃들이 거의 숨을 죽이고 있네.
그토록 감미로운 꽃이 아래 숨겨져 있다네.
꽃들은 마치 자신들이 커가는 것이
그녀를 덮은 졸음 겨운 흙을 깨울까 걱정하는 것 같네.

묘지의 고요와 정적을 이보다 더 선명하고 간결하게 표현한 시를 찾아보기 어렵다. 사랑하는 이가 죽어 누워 있고, 그녀의 무덤 주위로 꽃이 피어 있다. 세상의 소음과 어수선함을 멀리하고 고요한 무덤가에서 자라는 꽃은 더 아름다울까? 시인은 무덤가에 핀 꽃의 아름다움을 말하지 않는데, 그에게는 그 꽃 아래 묻힌 죽은 이가 더 감미로운 꽃이기에 그렇다. 죽은 이는 평온하게 잠들어 있고, 그 주위에 핀 꽃들은 자신이 커가는 소리가 잠든 이를 깨울까 조심스러워하며 숨을 죽이고 있다. 꽃이 크는 소리마저 소음이 되는 곳, 그런 곳이 묘지이다.

살아 있는 사람들은 특별한 경우가 아니면 묘지를 찾지 않는다. 그곳은 죽은 자들이 사는 곳이기 때문이다. 그러나 죽은 이들이 사는 곳도 밖의 세상과 완전히 다른 곳은 아닐지도 모른다. 달빛은 살아 있는 이들이 사는 세상이나 죽은 이들이 사는 곳이나 차별 없이 비춘다. 천 년 전쯤 일본에서 시를 썼던 이즈미 시키부和泉式部, 978?-1035?의 시가 그걸 잘 말해준다. 시키부는 일본 헤이안平安시대•에 활동했던 여성인데, 일본의 전통 시 와카和歌••의 대가로서 뛰어난 시를 많이 남겼다.

비록 여기 바람
거세게 불어도
이 폐허가 된 집의
지붕 널 사이로

• 일본 역사에서 고대 말기로, 794년 오늘날의 교토로 수도를 옮긴 때부터 1185년 가마쿠라 막부가 세워질 때까지의 시기를 말한다.
•• 하이쿠俳句와 함께 일본의 대표적인 전통 시로, 5음과 7음으로 구성된다.

제1부 마침내 죽음을 만나다

달빛이 스며든다네.

　죽은 이들이 사는 곳은 바람이 거세게 불고, 그들이 누워 있는 사각의 나무집은 조금씩 썩어가고 있다. 그래도 그곳에도 구름 걷힌 밤이면 달이 뜨고, 달빛은 여전히 아름답다. 폐허가 된 사각의 집 지붕 널 사이로 달빛이 스며드는 밤이면, 그곳에 누운 이들도 그 달빛을 바라볼까? 그럴 것이다. 아니, 그랬으면 좋겠다. 거기에서 달빛을 바라보는 것 말고 달리 무슨 할 일이 있겠는가.

　우리는 어머니의 자궁에서 나와 죽으면 대지의 자궁에 들어가 눕는다. 때로는 믿기 어렵지만, 흙의 품에 누워 잠든 이들도 한때는 살아 숨 쉬고 활기차게 움직인 사람들이었다. 디킨슨의 또다른 시가 그런 이야기를 들려준다.

　　이 말 없는 흙도 신사와 숙녀

　　청년과 처녀였고

　　웃음과 능력과 한숨이었고

　　프록코트와 곱슬머리였다네

　　이 무기력한 곳도 여름의 민첩한 저택이어서

　　거기엔 꽃과 벌들이

　　동녘을 따라 도는 일을 완수했었다네.

그러다 이렇게 멈췄다네. (813)

무덤은 삶이 멈춘 사람들이 머무는 곳이다. 이제는 흙이 되어 말없이 누운 자들도 한때는 프록코트를 입은 신사였고, 곱슬머리를 한 숙녀였다. 웃고 노래하던 이들이었다. 그들에게 죽음이 찾아오니 꽃 피고 벌이 날던 분주했던 삶의 여름도 황량하고 쓸쓸하게 변해버렸다. 그것이 모두를 기다리는 운명이다.

낯선 곳을 여행할 때 우리는 대개 사람들이 사는 곳만을 보기 쉽다. 그러나 일부러라도 묘지를 찾아 둘러볼 일이다. 어느 묘지이든 사람들의 바쁜 삶이 있는 곳만큼이나 많은 이야기를 들려준다. 묘지의 형식과 무덤의 외관이야 어떠하든, 묘지를 둘러보는 일은 우리 모두를 기다리는 보편적 운명에 대해서 생각하게 한다. 그레이Thomas Gray, 1716-1771의 「시골 교회 묘지에서 쓴 비가Elegy Written in a Country Churchyard」는 묘지에서 떠올리는 죽음에 대한 상념을 탁월하게 그려낸 시이다. 이 시는 18세기 영시 중 가장 뛰어난 작품으로 알려져 있다. 그레이는 시를 많이 쓰지 않았지만, 유독 이 시만큼은 영국 너머 세계 여러 나라에서 사랑을 받았고, 또 후대 작가들이 자주 차용하는 시가 되었다. 이 시는 나음과 같이 시작한다.

제1부 마침내 죽음을 만나다

저녁 종이 저무는 날의 조종弔鐘을 울리고

나직이 우는 소떼 구불거리며 풀밭 위를 느리게 걷는다.

밭 갈던 농부는 집으로 지친 발걸음 옮기고

세상엔 어둠과 나만이 남는다.

빛나는 풍경도 희미해지고

엄숙한 고요가 온 세상을 감싼다.

풍뎅이만 붕붕 날아다니고

멀리 있는 우리에서 졸린 방울 소리가 울린다.

저기 담쟁이 뒤덮인 종탑에서는

투정하는 올빼미가 달에 하소연한다

자기 은신처를 배회하며

홀로 오래 차지해온 곳을 침범하는 이를.

    서양에는 죽은 자를 교회에 묻는 오랜 전통이 있었다. 교회는 신의 공간이다. 사람들은 신의 나라에 대한 소망으로, 그리고 신의 공간에 묻히면 부활에 대한 가능성이 더 커진다는 믿음으로 그곳에 묻히기를 원했다. 지체 높은 이들은 대개 교회 건물 안에 묻힌다. 런던 시내의 웨스트민스터사원Westminster Abbey에는 삼천 명 이상의 사람들이 석관에 안치되어 있거나 바닥의 석판 아래 묻혀

영국 그라스미어에 있는 성오즈월드교회의 묘지

성오즈월드교회 묘지에 있는 영국 시인 워즈워스의 가족묘

있다. 교회 건물 내부에 죽은 이들을 수용할 공간이 충분치 않으면 교회의 마당에 묘지를 조성하는데, 대개 평범한 이들이 그곳에 묻힌다.

그레이의 시는 교회 마당에 묻힌 평범한 시골 사람들을 애도한다. 가까운 이의 죽음을 슬퍼하는 엘레지elegy인데, 엘레지는 우리말로 비가悲歌, 애가哀歌, 만가挽歌, 조가弔歌 등 여러 이름으로 불린다. 죽음을 애도하기 좋은 시간은 밤이다. 동트는 아침이 노을 지는 석양으로 바뀌는 것이 삶이 죽음으로 변하는 것에 대한 비유라면, 이 시의 시간적 배경이 되는 석양 무렵은 삶과 죽음이 교차하는 시간이다. 들판에서 풀을 뜯던 소떼도 우리로 향하고 농부도 지친 발걸음으로 집으로 돌아가고 있다. 해가 지고 난 텅 빈 세상에 한 노인이 홀로 남아 있다. 그는 정적 속에서 인간의 삶과 죽음에 대해 묵상하는 이다. 아마 시인 자신의 모습일 것이다.

종탑에 사는 올빼미는 오랫동안 저녁이면 저 홀로 지배하던 세상에 낯선 이가 서 있는 것이 못마땅하다. 그렇게 달빛 아래 올빼미가 불평하며 우는 묘지에 서 있는 이는 그곳에 묻힌 사람들에 대한 생각에 잠긴다.

저 주름투성이 느릅나무 아래, 주목의 그늘 아래
썩어가는 흙무더기가 풀로 덮여 솟아오른 곳,
비좁은 방에 영원히 누워

배우지 못한 마을 선조들이 잠들어 있다.

향기로운 아침이 부드러이 부르는 것도
초가집에서 들려오는 제비의 지저귐도
수탉의 날카로운 나팔 소리도, 울려퍼지는 사냥꾼 뿔피리 소리도
더는 그들을 그 초라한 잠자리에서 일으키지 못하리라.

그들을 위해 타오르는 난롯불도
분주한 아내가 종종거리며 저녁 준비하는 일도 없으리라.
집에 온 아버지에게 달려와 혀짤배기소리로 반기며
앞다투어 입맞추려 무릎에 기어오르는 아이들도 없으리라.

그들의 낫으로 곡식을 거두었으며,
그들의 밭갈이에 단단한 흙이 부수어졌다.
들판에서 소를 모는 일은 얼마나 즐거웠던가!
그들의 힘센 도끼질에 나무들도 고개를 숙였지!

느릅나무와 주목 아래 솟아오른 흙무더기 밑에 평범하게 삶을 살다 간 시골 사람들이 묻혀 있다. 시인은 다시는 되풀이되지 못할 그들의 평범했던 일상을 아쉬운 마음으로 떠올린다. 엘레지는 본래 가까운 이의 죽음을 애도하는 시이다. 그렇기에 엘레지에서는

대개 가족이나 친구가 애도의 대상이 된다. 때로는 사회적으로 명망 있던 사람이나 특별한 재능이 있던 이가 죽은 경우 그와 가깝지 않은 사람들도 그 죽음을 애도하기도 한다. 그러나 이 시에서 시골 교회 묘지에 묻혀 있는 이들은 시인과 특별한 관계에 있지 않고, 또 이름이 널리 알려진 이들도 아니다. 그렇기에 이 시는 특정인을 애도하는 여느 엘레지와는 달리 인간의 보편적 운명을 슬퍼하는 시이다.

> 야망이여, 그들의 값진 노고를 비웃지 말라
> 그들의 소박한 즐거움과 보잘것없는 운명을.
> 영화로움이여, 경멸하는 미소로 듣지 말라
> 가난한 이들의 짧고 미천한 삶의 내력을.
>
> 가문의 자랑과 권력의 화려함,
> 그 모든 아름다움과 재물이 주는 모든 것도,
> 피할 길 없는 시간은 똑같이 기다리고 있으니,
> 영광의 길은 무덤으로 이어질 뿐이다.
>
> 그대 교만 또한 이들을 탓하지 말라
> 기억이 그들의 무덤에 기념비를 세우지 않을지라도.
> 긴 통로와 번개무늬 새겨 넣은 둥근 천장 있는 납골당에

칭송의 노래 울려퍼지지 않는다 해도.

이력을 새긴 유골함이나, 살아 있는 듯한 동상이
달아나는 숨결을 깃들던 집으로 불러올 수 있을까?
칭찬의 목소리가 말 없는 흙을 일으킬 수 있을까?
아첨이 죽음의 무디고 차가운 귀를 달래줄 수 있을까?

어쩌면 돌보는 이 없는 이곳에 누웠는지도 모른다
한때 천상의 불길을 품었을 이가
제국의 권력을 휘둘렀을 이가
살아 있는 칠현금을 황홀로 일깨웠을 이가.

그러나 지식은 시간의 전리품 가득한 책장을
그들 눈에 펼쳐주지 않았으니
냉혹한 가난이 그들의 고귀한 분노를 억눌렀고
영혼의 창조력을 얼어붙게 했다.

가장 맑고 고요한 빛의 수많은 보석이
헤아릴 수 없이 깊고 어두운 바다의 동굴에 묻혀 있고
수많은 꽃이 보는 이 없이 붉게 피며
그 향기 허공에 헛되이 뿌린다.

겁 없는 가슴으로 농장의 작은 폭군에 맞섰던
햄프던 같은 시골 사람이,
침묵하며 영광을 얻지 못한 밀턴 같은 이가,
나라를 피로 물들이는 죄 짓지 않은 크롬웰 같은 이가 여기 누워
　쉬는지도 모른다.

경청하는 상원의원들의 갈채를 받으며
고통과 파멸의 위협을 무시하며
미소 짓는 니라 사람들에게 풍성히 베푸는 일을
국가의 눈으로 자기들의 역사를 읽는 일을

그들의 운명은 금했다. 커가는 미덕뿐만 아니라
그들의 죄악도 제한했다.
유혈의 강을 건너 권좌에 오르는 것도 금했으며
인류에 자비의 문을 닫는 것도 막았다.

양심의 가책과 싸우거나,
진정한 창피로 얼굴이 달아오르는 것을 감추려 하거나
사치와 교만의 신전에
뮤즈의 불길로 향을 바치는 일도 막았다.

광란한 무리의 천박한 싸움에서 멀리 떨어져
그들의 건전한 소망은 길을 벗어나지 않았으니
서늘하고 외진 삶의 골짜기를 따라
조용히 자신들의 길을 갔다.

시골 교회 마당에 있는 무덤들은 거기 묻힌 사람들이 평범했던 것만큼이나 화려한 장식도 석물도 없이 소박하다. 그 무덤의 주인들은 고귀한 가문, 지체 높은 신분, 사회적 명성, 화려한 권세, 쌓아 놓은 재물과는 인연이 없었다. 그렇기에 이들은 살아서도 사람들의 관심을 받지 못했고, 그들이 묻힌 무덤마저도 눈길을 끌지 못한다. 그러나 시인은 그런 이들의 평범한 삶에 대해 깊은 동정심을 느낀다. 그들이 평범한 삶을 산 것은 타고난 재능이나 야망이 부족해서라기보다는 가난 탓이다. 자신이 타고난 것을 세상에 드러낼 기회를 얻었다면 그들도 세상이 주목하는 삶을 살았을지도 모른다. 어쩌면 거룩한 영성, 원대한 야망, 뛰어난 예술적 재능을 보여주었을지 모른다. 깊은 바닷속 동굴에 귀한 보석이 감추어져 있듯이, 평범한 시골 교회 묘지에 부당한 권력과 싸웠던 햄프던* 같은 이나 밀턴** 같은 시인, 크롬웰*** 같은 정치지도사가 되었을 사람들이 묻혀 있는지도 모른다.

그들은 소란한 세상과 광란의 무리로부터 멀리 떨어진 채 소박하고 욕심 없는 삶을 살다 죽었다. 이 시의 "광란한 무리의 천박한 싸움에서 멀리 떨어져"라는 구절은 소설 『테스Tess of the D'urbervilles』로 널리 알려진 영국 작가 하디Thomas Hardy, 1840-1928의 다른 소설의 제목이 되기도 했다. 그레이는 그들이 세상으로 나가지 않고 시골 마을에서 평범한 삶을 산 것이 큰 죄를 짓지 않은 이유라고 말한다. 시골 마을에서 평범한 삶을 살았기에, 수많은 사람을 희생시키며 권력을 손에 쥐는 일도, 많은 재물이 있으면서도 남에게 인색하게 구는 일도, 타고난 예술적 재능으로 권력에 아첨하는 죄도 짓지 않았다. 자주 인용되는 또다른 구절 "영광의 길은 무덤으로 이어질 뿐이다"를 통해 그레이는 죽음은 세속의 명성을 얻은 자에게나 평범한 삶을 산 사람에게나 공평하게 찾아오는 것이라는 사실을 일깨운다. 죽음은 그렇게 살아 있는 사람들 사이에 존재했던 차이와 구분을 지운다.

시는 계속해서 무덤에 관한 이야기로 이어진다.

- 17세기 전반기에 활동한 영국의 국회의원. 당시 왕이었던 찰스 1세가 왕실의 재정을 충당하기 위해 부과한 특별소비세에 항의하며 시민의 권리를 옹호하기 위해 싸웠다.
- 17세기 영국의 시인. 공화정에서 크롬웰Oliver Cromwell의 측근으로 일했으며, 생의 마지막 시기에 눈이 먼 상태에서 쓴 신앙시 3부작인 『실낙원Paradise Lost』, 『복낙원Paradise Regained』 그리고 『투사 삼손Samson Agonistes』이 대표작이다.
- 17세기 영국에서 청교도혁명으로 알려진 왕당파와 의회파 사이의 내란에서 의회파를 이끌던 정치지도자. 내란에서 승리한 후 왕정을 폐지하고 공화정을 세워 최고 자리인 호국경護國卿에 올랐으나 그가 죽고 나서 그의 아들이 공화정을 물려받은 지 2년 만에 공화정이 무너지고 영국은 왕정으로 되돌아갔다.

그러나 유골이라도 욕되지 않게
가까이에 조촐한 묘비가 세워져 있고
서툰 시구와 볼품없는 조각으로 장식되어
지나는 이의 탄식을 부른다.

배우지 못한 시인이 쓴, 그들의 이름과 나이가
명성과 비가를 대신한다.
사방에 흩어져 적힌 성스러운 문구들은
시골 도덕가에게 죽는 법을 가르친다.

말 없는 망각의 제물이 되어
이 즐겁고도 근심 어린 삶을 포기하고
즐거운 날의 따뜻한 뜨락을 떠나며
누군들 아쉬운 눈길로 갈망하듯 뒤돌아보지 않았으랴?

떠나는 영혼은 사랑하는 가슴에 기대고
감기는 눈은 효도의 눈물을 원하는 법,
무덤에서도 자연의 목소리가 올 부짖고
재 속에서도 그들의 불길은 여전히 살아 있다.

평범한 사람들은 살아서 남의 관심을 별달리 받지 못했으니 그들의 무덤도 그런 대접을 받기 쉽다. 그레이는 여기서 우리가 죽은 이를 어떻게 대해야 하는지에 대해 말한다. 냉정하게 생각해보면 장례의 모든 절차와 무덤조차 살아 있는 자들을 위한 것이다. 살아 있는 사람들은 죽은 이가 없는 아쉬움과 허전함을 달래려 그가 묻힌 곳을 장식하고 제사를 지낸다. 하지만 이미 죽어 생각하고 느끼는 것조차 가능하지 않은 이가 죽음이 무엇인지 어찌 알고, 세상을 떠나는 일의 슬픔을 어찌 느끼겠는가. 그래도 우리는 죽은 이가 더는 생각하고 느끼지 못한다는 것을 믿으려 하지 않는다. 죽은 이도 떠나는 것을 아쉬워하며, 죽어서도 삶의 나날을 그리워하고, 자신이 잊히는 것을 아쉬워하리라고 생각한다. 이 즐겁고도 근심 어린 삶의 뜨락을 떠나면서 아쉬움에 돌아보지 않는 자가 없으리라고 믿는다. 떠나는 이는 살아 있는 이들의 눈물을 원하며, 자신이 떠나는 것을 세상이 슬퍼해주기를 원한다고 믿는다.

떠나는 이가 세상에 바라는 것이 있을 수 있다면, 그것은 아마도 세상이 그를 기억해주는 일일 것이다. 죽은 이에게 가장 슬픈 일은 잊히는 것, 그래서 자신이 묻힌 곳마저 아무도 기억하지 않는 것이리라. 우리 모두 죽은 후에 세상이 얼마간이라도 우리를 기억해주기를 바라지 않는가? 그렇다면 무덤과 묘비는 죽은 이의 그 소망을 살아 있는 이들이 대신 표현한 것이다. 또 그것은 죽은 자를 기억하겠다는 살아 있는 이들의 약속을 표현한 것이기도 하다. 지금 살아 있는 이들도 언제가 자기 차례가 와 이곳을 떠날 때, 세상이 자신을 기억해주기를 바랄 것이다. 죽은 이의 무덤을 만드는 일은 자신이 묻힐 곳도 기억되기를 바라는 소망을 표현하는 것이며, 묘비명에는 그것을 새기는 자의 삶도 후대 사람들의 기억에 새겨지기를 바라는 소망이 함께 새겨진다. 가끔 누군가의 무덤을 찾아 거기 묻힌 이를 떠올려보고 묘비에 새겨진 죽은 이의 소망을 되새겨보아도 좋을 것이다.

6장

묘비명

이따금 묘지를 찾아가 비석의 묘비명을 읽으라!
삶의 어두운 얼굴에서 배울 것이 그토록 많다니!
메흐메트 무라트 일단Mehmet Murat Ildan

묘비도 없는 무덤은 쓸쓸하다. 솟아오른 흙무더기만 남은 무덤은 보는 이를 비감悲感에 젖게 한다. 그 흙무더기를 바라보고 있으면 비감이라는 말이 본래 묘비마저 없는 쓸쓸한 무덤을 바라볼 때 생겨나는 마음을 의미했던 것이 아닌가 하는 생각마저 든다. 묘비 없는 무덤은 한 인간이 살다 간 삶의 흔적이 영영 사라져가는 마지막 모습을 보여준다. 솟아오른 흙무더기마저 무너져내리면, 그것으로 그가 이 세상에 잠시나마 존재했던 마지막 흔적도 사라질 것이다.

살짝 솟아오른 흙무더기에 뿌리를 내린 풀들은 악착스럽게 양분을 빨아올리며 다른 곳에서보다 더 크고 무성하게 자란다. 그리고 풀들은 그곳을 지나가는 작은 바람에도 유난스레 몸을 흔들며 그곳에 한때 다른 이들처럼 숨쉬고 활발히 움직이던 한 사람이 누워 있다는 것을 알리려 한다. 풀들은 그런 식으로 그곳에 묻힌 이를 기억한다. 바람은 풀이 전해주는, 무덤의 주인들이 남긴 수많은 잊혀가는 이야기를 실어 간다.

묘비 없는 무덤에서는 그 무덤의 주인을 떠올리는 일이 쉽지 않다. 그가 살았던 세계로 갈 수 있는 모든 길이 차단된 탓이다. 무덤에 세워진 묘비를 보고, 그의 이름과 그가 살았던 시간을 만날 때 비로소 그 사람의 삶이 조금이나마 상상되기 시작한다. 그렇게 묘비는 살아 있는 이들에게 죽은 이의 존재를 일깨우며 그를 삶의 세계와 연결한다. 묘비는 또한 죽음의 세계로 가는 이의 가슴에 달아주는 이름표와 같은 것이다. 이름표도 없는 그를 명부冥府에서 어떻게 확인할 수 있으랴. 그렇기에 묘비마저 없는 이는 다른 세상으로 가지 못하고 이승과 저승의 경계 어딘가를 떠돌고 있을지도 모른다는 생각마저 든다.

그런 연유로 묘비가 있는 무덤은 반가운 마음이 든다. 묘비는 무덤의 주인이 죽고 나서야 삶을 시작한다. 묘비 아래 있는 무덤 주인의 몸이 느리게 해체되는 동안 묘비는 햇살과 비와 달빛 속에서 천천히 늙어간다. 그래서 묘비의 색이 바래고 이끼가 덮이고 바위꽃이 필 때쯤이면, 묘비도 무덤 주인의 얼굴을 닮은 자기 얼굴을 가지게 된다.

타인의 묘비명을 읽는 것은 자기 운명을 읽는 일이다. 여기 묘비명을 읽는 일의 의미를 일깨우는 시가 있다.

그대 지나갈 때 나를 기억해주오
나도 한때 지금의 당신과 같았다오
그대도 반드시 지금의 나와 같아지리니
죽음을 준비하고 나를 따르시기를

미국인들에게 친숙한 옛 시 중 하나이다. 창작자가 누구이며 언제 지어졌는지는 알려지지 않았지만, 이 시는 미국이 건국되기 전의 식민지시대에 청교도들과 함께 미국으로 건너와 후대까지 전해진 것으로 보인다. 묘비명을 다룬 한 책에 따르면, 이 시와 이 시의 변형된 형태는 식민지시대 뉴잉글랜드 지역의 묘비에서 가장 흔히 볼 수 있는 것이라고 한다.

무덤의 묘비명을 읽는 것은 곧 자기에게 닥칠 운명을 미리 읽는 행위이다. 그렇기에 묘비명을 읽는 일은 언제나 마음을 흔든다. 타인의 무덤에 세워진 묘비명을 읽는 나도 곧 그렇게 무덤에 누울 것이고, 그후에는 누군가 다른 이가 내 무덤에 와서 묘비명을 읽을 것이다. 묘지에서 누군가의 묘비명을 읽으며 자신의 운명을 읽고 있는 모습은 한 폭의 그림처럼 선명하게 떠오르는 죽음의 풍경이다. 앞에서 소개한 시가 단순히 시로만 전해지는 것이 아니라 묘비에 새겨졌다는 것이 흥미롭다. 묘비명에는 대개 묘비 주인의 삶과 긴밀하게 연관된 것이 새겨지는데, 이 시는 특정 개인이 아니라 모든 생명 있는 존재의 보편적 운명에 대해 말하기 때문이다. 이 시는 짧게 변형된 경구警句의 형태로도 묘지 입구에서 자주 볼 수 있다.

오늘은 내가, 내일은 당신이
Hodie mihi cras tibi

오늘은 내가 죽어 묘지에 묻히지만, 내일은 당신 차례라는 말이다. 오늘 나를 데려와 묻은 이들이 내일은 다른 이의 손에 들려와 묻힐 것이다. 묘지는 그렇게 잊고 있던 우리의 운명을 일깨운다.

묘비명에는 한 개인의 역사가 새겨진다. 또한 묘비명은 대개 다른 이가 짓고 다른 손이 새기는 것이니, 개인의 삶을 넘어 공동체와 사회의 역사가 함께 기록된다. 이 장에서는 한 개인의 삶이 기록된, 또 어떤 경우에는 그가 속한 작은 공동체의 역사가 더해진 묘비들을 살펴보려고 한다.

윌리엄 다이어Sir William Dyer, 1583-1621

흙이 된 내 사랑하는 이여, 당신의 서두르는 나날이

졸음 겨운 인내로 한 시간 더 머물 수 없었던가요,

그래서 우리가 깨어 앉아 있거나

같이 잠자리에 들 수 있도록?

하지만 당신의 노고가 끝나

지친 몸을 일찍 쉬게 하고

달콤하게 안식을 얻게 했네요. 과부가 된 당신 신부도

잠든 그대 곁에서 곧 쉬겠지요.

이제 내 할 일은

잠옷 준비하고 기도하는 것뿐

내 눈이 무거워지고 하루가 차갑게 식어요.

닫힌 커튼을 여미고 여미세요. 그리고 내가 누울 자리를 내어주
세요.

내 소중한, 흙이 된 가장 소중한 이여. 내가 왔어요. 내가 왔어요.

윌리엄 다이어의 삶에 대해서는 그다지 알려진 바가 없다. 그
는 엘리자베스여왕시대 궁정인이며 시인이었던 에드워드 다이어
Edward Dyer 집안의 사람이다. 윌리엄 다이어가 죽고 나서 20년 뒤
인 1641년에 아내 캐서린Catherine이 베드퍼드셔 지방 콤워스에 있
는 성데니스교회 안에 남편의 석관묘를 세웠다. 이 묘비명은 거기
에 새겨져 있는데, 위에 인용된 부분은 전체 글의 뒷부분이다.

이 묘비명은 캐서린이 지은 것으로 알려졌지만 확실치는 않다.

다만 그녀가 매우 지성적인 여성이었고, 남편이 죽고 나서 재혼을 하지 않은 사실로 미루어 그녀가 쓴 것이라고 짐작한다. 이 묘비명은 먼저 떠난 남편에 대한 아내의 사랑이 잘 표현된 다정한 시다. 살아서 다정한 부부였으니 죽어서도 같은 자리에 눕는 것은 당연하다. 한 사람의 죽음으로 잠시 미루어두었던 일을, 두 사람이 마치 아무 일 없었다는 듯이 다시 이어간다.

실제로 캐서린이 죽고 나서 남편과 같은 자리에 눕게 되는데, 이 묘비명이 새겨진 해로부터 삼십삼 년이 흐른 뒤였다. 오래 기다렸던 일이기에 두 사람이 다시 함께하는 잠자리는 더없이 평온하고 행복했을 것이다.

애프라 벤Aphra Behn, 1640-1689

여기 재능도 결코
죽음을 충분히 방어할 수 없다는 증거가 누워 있다.

애프라 벤은 영문학에서 매우 특별한 자리를 차지하는 작가이다. 영국 왕정복고기* 전후의 혼란스럽던 시대를 살았던 벤은 여성의 능력을 의심하던 당대 사회에서 극작가, 시인, 번역가, 그리고 소설가로서 재능을 펼쳐 보였다. 영국에서 글을 써서 생계를 유지한 최초의 여성 전업 작가이며, 글을 쓰는 후대 여성에게 오랫동안

제1부 마침내 죽음을 만나다

좋은 본보기가 되었다.

벤의 삶에 대해서는 그다지 알려지지 않았고, 부정확하기도 하다. 전하는 이야기에 따르면, 벤은 오늘날 수리남으로 불리는 남미의 영국 식민지에서 잠시 살기도 했다. 그때 벤은 아프리카에서 잡혀 온 흑인 노예를 만났는데, 그가 벤의 소설 『오루노코Oroonoko』의 모델이 되었다. 그 소설에서 오루노코라는 흑인은 백인들이 흔히 생각하는 전형적인 흑인의 모습을 벗어난 인물이다. 그는 고귀한 영혼을 지니고 있으며, 인간의 존엄성을 지키기 위해 싸운다. 그래서 그런 이를 지칭하는 '고귀한 야만인noble savage'이라는 말을 낳기도 했다. 이 작품은 영문학에 소설이라는 장르가 본격적으로 나타나기 전에 쓰인 작품으로 매우 특별한 자리를 차지한다. 그러나 이 소설이 특별한 더욱 큰 이유는 흑인 노예 이야기를 소설의 중심 줄거리로 삼으며 당대 사회가 침묵하고 있던 노예무역과 노예제의 비도덕성을 지적하기 때문이다.

벤은 17세기 영국의 전형적인 여성의 모습에서 크게 벗어난 사람이다. 당대 사회는 여성의 창작 능력을 의심했지만, 벤은 다양한 영역에서 자신의 글 쓰는 재능을 드러냈다. 앞서 소개한 소설 외

• 17세기 초반 영국은 왕권과 의회가 대립하며 정치적으로 매우 혼란스러운 시기였는데, 1642년 청교도혁명으로 알려진 내란이 시작되어 1649년 왕인 찰스 1세가 처형되며 왕정이 사라지고 공화정이 세워졌다. 1658년 크롬웰이 죽자 그가 이끌던 공화정이 혼란 속에 무너지고 1660년에 다시 왕정으로 돌아간 사건을 말한다.

에도 열아홉 편의 희곡 작품을 남겼다. 또한 벤에게는 글 쓰는 재능만 있었던 것이 아니다. 당대 대다수 사람이 노예제도의 비도덕성을 미처 깨닫지 못했거나 알면서도 외면하고 있었지만, 벤은 이를 외면하거나 침묵하지 않았다. 세상은 그런 그를 너그럽게 대하지 않았다. 벤은 글 쓰는 여성에 대한 편견과 싸워야 했고, 전업 작가로서 경제적인 어려움과도 싸워야 했다. 죽기 전 몇 년 동안에는 건강이 많이 나빠졌지만, 빚을 갚기 위해 계속 글을 쓰거나 번역을 해야 했다.

벤은 당대 사회에서 보기 드문 문학적 재능을 지닌 작가였다. 그러나 그러한 재능도 죽음을 비켜 가지 못한다. 당대의 짧은 평균수명을 생각해보면 벤의 삶은 그리 짧지 않았지만, 그의 글재주와 사회가 침묵하던 문제를 거론했던 용기를 생각하면 그가 더 오래 살았더라면 하는 아쉬움을 어쩔 수 없다.

벤저민 프랭클린Benjamin Franklin, 1706-1790

인쇄업자
벤저민 프랭클린의
몸이
오래된 책의 표지처럼
내용은 찢겨나가고

글자와 금박이 벗겨지고

여기 벌레의 먹이로 있도다.

하지만 노고가 완전히 헛수고만은 아니로다.

왜냐면 그가 믿은 바대로 다시 나타날 것이기에.

새롭고 보다 완전한 판본으로

만든 이에 의해

교정되고 보충되어서.

　벤저민 프랭클린은 미국 건국기의 중요 인물이었다. 과학자로서 전기의 원리를 발견했고, 발명가로서 피뢰침과 이중초점렌즈를 발명했다. 외교관이자 정치인으로서 미국 건국에 공헌한 건국의 아버지이기도 하다. 근면, 절약, 교육, 공동체 정신 등의 실용적 가치를 계몽주의 정신과 결합하여 미국 고유의 가치관이 형성되는 데 기여하기도 했다. 그는 또 재능 있는 신문편집자였다. 당시 미국에서 가장 중심 도시였던 필라델피아에서 활동하면서 〈펜실베이니아 가제트Pennsylvania Gazette〉와 〈가난한 리처드의 연감Poor Richard's Almanac〉을 발행하여 큰 성공을 거두었다. 게다가 박학다식한 작가이기도 했는데, 〈가난한 리처드의 연감〉에 필명으로 글을 연재했다. 그는 이 글을 통해 합리적 사고와 실용적 삶의 태도를 대중에게 확산하는 일에도 큰 몫을 했다.

　이처럼 다양한 영역에서 활동한 인물이지만, 무덤의 묘비명이 말해주듯, 프랭클린은 본디 인쇄업자였다. 그는 오랜 시간 인쇄 일을 하면서 활자와 인쇄 기술을 개량하는 데 크게 공헌했다. 그는 또 신앙심이 두터운 청교도였다. 자신이 열성적으로 활자와 인쇄 기술을 개량하여 더 좋은 책을 만드는 데 힘썼듯이, 죽어서는 완벽하고 흠 없는 책처럼 온전한 모습으로 부활할 것을 믿어 의심하지 않았다. 그가 어딘가에서 새롭게 인쇄되고 제본된 몸과 영혼으로 안식을 누리기를!

마틴 루서 킹 목사Reverend Doctor Martin Luther King, Junior, 1929-1968

마침내 자유다, 마침내 자유로구나.
전능하신 주께 감사하노라.
나는 마침내 자유를 얻었노라.

마틴 루서 킹은 목사이면서 시민운동가였다. 그는 1955년부터 1968년 총에 맞아 세상을 떠날 때까지 미국의 흑인인권운동을 이끌었다. 킹은 자신의 기독교 신앙과 간디의 사상을 바탕으로 삼아 비폭력과 불복종 시민운동을 이끌었다. 1963년에는 워싱턴의 링컨기념관 건물 계단에서 우리에게도 잘 알려진 〈내게는 꿈이 있습니다I Have a Dream〉라는 연설을 했다. 킹은 인종차별에 비폭력으로 싸운 공로를 인정받아 1964년에 노벨평화상을 수상했고, 그후

제1부 마침내 죽음을 만나다

활동 영역을 넓혀 가난 퇴치와 베트남전쟁 반대 운동도 펼쳤다. 그 때문에 미국 정부의 표적이 되었고, 그를 살해한 제임스 레이James Ray는 미국 정보기관의 사주를 받은 것으로 의심되었다.

1971년에는 '마틴 루서 킹의 날'이 제정되었고, 그후 미국 도시의 수백 개 거리에 그의 이름이 붙여졌다. 킹이 차별과 싸우다 죽은 1960년대와 비교하면 지금은 흑인에 대한 차별이 많이 사라졌지만, 완전히 사라지지는 않았다. 다른 사회적 약자에 대한 차별도 마찬가지다. 그가 더 오래 살았다 해도, 자신이 꿈꾸는 세상이 오는 것을 보지는 못했을 것이다. 그의 운명은 죽어서야 비로소 온전한 자유를 누리는 것이었다.

로버트 프로스트Robert Frost, 1874-1963

나는 세상과 사랑싸움을 했다.

프로스트는 20세기 미국의 국민 시인으로 불릴 만큼 대중의 사랑을 받았다. 우리나라 독자들에게도 사랑받는 시인이다. 그러나 삶이 늘 순탄하지는 못했다. 프로스트는 뉴잉글랜드로 불리는 미국 북동부 지역의 자연과 삶을 탁월하게 그려낸 시인이지만, 태어나기는 반대쪽 캘리포니아에서 태어났다. 열한 살 때 아버지가 세상을 뜬 뒤 남은 가족이 북동부 지역으로 이사했고, 어머니가 교사로 일하면서 자식들을 길렀다. 프로스트는 학업에 재능이 있었는데, 후일 고등학교 졸업식에서 함께 고별사를 낭독한 엘리너 화이트Elinor White와 결혼하였다. 그러나 경제적 어려움으로 대학 공부를 계속하지 못하고 여러 직업을 떠돌았다.

영국에 이민 가서 살던 중 1913년에 출간한 시집 『소년의 의지 *A Boy's Will*』가 주목을 받았고, 이듬해에 출간한 시집 『보스턴의 북쪽*North of Boston*』이 큰 사랑을 받으면서 일약 유명한 시인이 되었다. 그때 그의 나이 마흔이었다. 그후에는 경제적으로 안정된 삶을 살면서 글을 쓰고 대학에서 학생들을 가르치거나 강연을 하며 보냈다. 프로스트는 생의 후반기에 찾아온 명성과 경제적 안정을 반겼지만, 젊은 시절 자신에게 혹독했던 세상을 원망하던 마음을 완전히 몰아내지는 못했다.

프로스트 무덤의 묘비명은 그의 시 「오늘의 교훈The Lesson for Today」의 마지막 구절이다. 연인 간 사랑싸움은 애증의 양가성 감정에서 생기지만, 그 바탕에는 언제나 미움보다 큰 사랑이 있다. 프로스트 삶의 처음 절반 동안 세상은 그에게 인색했으나, 나중 절반에는 그간의 인색함을 보상하듯 풍성하게 너그러웠다. 세상이 그를 사랑하는 마음은 아직도 식지 않았다. 프로스트의 많은 시가 사회로부터 고립된 외로움을 그려내지만, 사회와 공동체에 대한 애정이 그의 시의 바탕을 이룬다. 그가 생의 마지막 이십 년 동안 교사와 연사로서 탁월한 명성을 얻었던 것도 그와 무관하지 않다.

그의 시에는 자연이 배경으로 등장하지만, 그 전경에는 언제나 사람이 자리하고 있다. 세상과의 사랑싸움은 그런 것이다.

오스카 와일드Oscar Wilde, 1854-1900

그리고 낯선 눈물이 그를 위해, 깨진 지 오래된 동정의 항아리를
    채우리라. 왜냐면 그를 애도하는 이들은 버려진 자들일 테니.
    그리고 버려진 자들은 언제나 애도한다.

와일드는 초기에는 사회문제를 다룬 단편소설을 쓰기도 했지만, 나중에는 유미주의唯美主義가 그의 문학적 신념이 되었다. 소설 『도리언 그레이의 초상The Picture of Dorian Gray』은 유미주의적 신념의 결정체이다. 극작가로서도 재능이 있었던 와일드는 『진지함의 중요성The Importance of Being Earnest』이라는 작품을 써 침체해 있던 영국 드라마에 활기를 불어넣기도 했다.

와일드의 묘비명은 자신의 시 「레딩 감옥의 노래The Ballad of Reading Gaol」의 한 구절이다. 와일드의 삶에서 가장 극적인 변곡점은 『텔레니Teleny』라는 소설을 익명으로 발표한 일이다. 동성애를 다룬 이 소설이 출간되자 의혹의 눈초리가 와일드에게 쏠렸다. 와일드는 결혼해서 두 자녀를 두었지만, 양성애자였다. 빅토리아시대 말기 엄격한 도덕주의가 지배하던 영국 사회에서 동성애는 법으

로도 도덕적으로도 허용되지 않는 금기였다. 와일드를 걱정한 친구들이 해외로 도피할 것을 권했지만, 와일드는 거부했다. 그는 결국 레딩의 감옥에 갇혀 중노동을 하며 이 년을 보내다 풀려났다.

와일드는 '예술을 위한 예술'이라는 구호로 널리 알려진 유미주의 문학을 지향한 작가였다. 유미주의는 예술이 정치나 도덕 등 다른 영역의 수단으로 쓰이지 않고 예술 자체의 고유한 정체성을 지키는 것을 중요하게 여긴다. 와일드는 삶에서도 개인의 정체성이 어떤 경우에도 간섭받는 것을 원치 않았을 것이다. 자신의 고유한 정체성을 지키려던 그의 신념은 결국 그에게 사회적 낙인을 찍었고 그는 추방된 자의 운명을 맞았다. 그렇게 버려지고 추방된 자들을 동정하고 눈물을 흘리는 자는 같은 처지에 있는 사람들이다.

우리 주변에도 추방된 자의 삶을 사는 이들이 왜 없겠는가. 우리는 대부분 알면서도 외면한다. 그들을 위해 슬퍼하는 자들은 같은 처지에 있는 버려진 이들뿐일지 모른다. 우리는 그들과 같은 처지가 되고 나서야 그들을 이해하고 동정할 만큼 공감력이 부족하다.

존 키츠John Keats, 1795-1821

죽음을 맞으며 원수들의 악의에 찬 힘에 비통하여 자기 묘비에 이 말이 새겨지기를 원했던 젊은 영국 시인의 썩어질 모든 것이 이 무덤에 있도다. "여기 물에 자기 이름을 쓴 자가 누워 있노라."

제1부 마침내 죽음을 만나다

불행한 운명을 타고난 키츠는 스물여섯의 젊은 나이에 죽었다. 런던에서 말을 관리해주는 일을 하던 부유한 부모에게서 태어났으나, 여덟 살에 낙마 사고로 아버지를 잃고 열네 살에 폐결핵으로 어머니마저 잃었다. 부모가 물려준 적지 않은 유산은 자녀들이 성년이 될 때까지 후견인이 관리했다. 키츠는 문학에 뜻을 두었으나 실용적인 것을 중요하게 생각했던 후견인은 의학 공부를 권했다. 키츠는 마지못해 의학을 공부하기는 했으나 결국 시를 쓰는 일을 택했다. 그런데 시를 발표할 때마다 비평가들의 혹독한 비난을 받았다. 당대에는 그의 시가 제대로 평가받지 못했던 탓이다. 게다가 폐결핵에 걸려 건강마저 잃게 된다. 키츠는 가까운 동료 문인 셸리Percy Bysshe Shelley, 1792-1822의 권유로 이탈리아로 가서 요양하다 그곳에서 세상을 떠났다. 로마 시내의 스페인 계단 바로 옆 건물이 키츠가 세 들어 살던 집인데, 지금은 '키츠-셸리 박물관'으로 꾸며져 있다. 키츠의 작품과 유품이 있어 그의 삶이 손끝에 잡힐 듯하다.

죽음을 앞둔 키츠의 마지막 부탁은 비석에 자신의 이름과 생몰년을 적지 말고 위 묘비명의 따옴표 속 문구만을 새겨달라는 것이었다. 그런데 키츠에 대한 세간의 혹독한 평가에 크게 분노한 두 친구, 세번Joseph Severn과 아미티지Charles Armitage가 키츠의 유언을 거스르며 그 문구와 함께 키츠의 삶과 관련한 정황을 덧붙여 묘비를 세웠다.

물에 쓴 이름은 남아 머물지 않는다. 거듭되는 불행 속에서 아마도 키츠는 누구보다 삶의 덧없음을 절감했을 것이다. 그런데 키츠는 자기 이름을 흘러가는 물 위에 썼다고 생각했을지 모르지만, 그의 이름은 그보다 더욱 오래 남는 것 위에 새겨졌다. 오늘날 그는 널리 읽히는 낭만주의시대 시인이다. 자기 육체의 소멸에 대해서는 그가 옳았는지 모르지만, 자기 시의 운명에 대해서는 그의 판단이 틀렸다는 것이 얼마나 다행인지 모른다.

7장

죽음의 세계에서
내가 존재하는 방식

오직 죽은 자들만이 자신들의 세계를 안다.
라일라 아키타Lailah Gifty Akita

삶과 죽음을 갈라놓는 경계는 기껏해야 희미하고 모호하다.
어디에서 한 세계가 끝나며,
어디에서 다른 세계가 시작되는지 누가 말할 수 있으랴?
포Edgar Allan Poe

　많은 사람이 죽음에 대해 가장 먼저 떠올리는 것은 두려움일 것이다. 사람들은 대개 두 가지 이유에서 죽음을 두려워한다. 우선 육체가 죽으면 '나'라는 존재 자체가 사라진다는 두려움이다. 지금 살아서 숨쉬고 움직이고 생각하는 나라는 존재가 사라진다는 생각은 엄청난 무게로 우리를 짓누른다. 다른 하나는 몸이 죽고 나서 이 세상보다 더 무서운 어떤 곳에 있게 될지 모른다는 두려움이다. 우리가 가야 할 곳이 이 세상보다 더 좋은 곳이라면 괜찮겠지만, 그렇지 않다면 무섭고 두려울 수밖에 없다.

　나의 존재가 사라지는 것에 대한 두려움이 철학이 탐구하는 문제라면, 우리가 죽어서 가게 될 곳에 대해서는 문학의 상상력이 빛난다. 셰익스피어는 죽음에 관한 수많은 글을 남겼는데, 『눈에는 눈, 이에는 이*Measure for Measure*』에서 클라우디오Claudio의 입을 빌려 죽음에 대한 두려움을 이렇게 표현한다.

아, 죽어서 가는 곳을 알지 못하는구나.

차가운 장벽에 누워 썩어간다니,

이 예민하고 따뜻한 동작이 반죽한 흙과 같이 되고

기쁨에 찬 영혼이

불타는 강에서 목욕하거나

두껍게 언 얼음으로 떨게 하는 곳에 살게 된다니,

앞을 보지 못하게 하는 바람에 갇혀

매달린 세상 주위로 정처 없는 폭력에 불려 간다니,

아니면 논리 없고 불확실한 생각이 울부짖으며 상상하는 것의

최악보다 더 나쁘다니,

너무 무섭구나!

노년, 질병, 가난, 감옥이

자연스레 삶에 안기는

가장 지겹고 혐오스러운 세상일이도

우리가 두려워하는 죽음에 비하면 천국이로구나.

클라우디오는 자신이 죽어서 가게 될 곳이 두렵다. 그곳이 불지옥이나 얼음지옥, 아니면 바람지옥일지 몰라 무섭고 두렵다. 그곳에서 겪을 무서운 일을 생각하면, 노년과 질병, 가난과 감옥살이 같은 괴로움을 겪어야 하는 이 세상이 천국처럼 생각된다.

생물학적 관점에서 보면 죽음을 두려워할 이유는 전혀 없다. 내 몸이 죽으면 죽음에 대해 생각하고 죽음을 두려워하는 나라는 존재 자체가 없어지기 때문이다. 그러나 몸이 죽고 나서도 내가 어떤 방식으로든 계속 살아 있으리라고 믿는 경우, 그 세계에서 내가 어떤 방식으로 존재할지 궁금할 수밖에 없다. 몸이 죽어서 가는 곳이 있다고 해도, 죽는 순간까지 그곳이 어떤 곳인지 알 수 없으니 다만 상상할 뿐이다. 누구도 죽음의 세계에서 다시 돌아와 우리가 가야 하는 곳에 대해 말해주지 않기에, 우리가 죽음에 대해 알고 있는 모든 것은 살아 있는 자들이 제 나름대로 짐작하거나 희망하는 것뿐이다.

죽음에 대한 저마다의 생각이 다른 것처럼 우리가 죽어서 가는 곳에 대한 생각도 저마다 다르다. 미국 시인 반다이크Henry Van Dyke, 1852-1933는 「내 시야에서 사라졌네Gone from My Sight」에서 이렇게 말한다.

나는 바닷가에 서 있네. 내 옆에 배 한 척이

가볍게 이는 바람에 흰 돛을 펼치고

푸른 대양으로 나가기 시작하네. 그 배는 아름다움과 힘이 넘친
  다네.
나는 서서 그 배가 마침내 바다와 하늘이 서로 뒤섞이는 곳에서
하나의 점처럼 매달릴 때까지 지켜본다네.

그때 내 옆에 있던 누군가 말하네. '저기 그 배가 사라졌군.'

어디로 사라졌다는 것일까?

내 시야에서. 그것뿐이지. 그 배는 내 곁을 떠날 때처럼
돛대와 선체와 원재가 여전히 같은 크기라네.
그리고 여전히 목적지로 살아 있는 화물을 실어 나를 수 있다네.

그 배의 크기는 내 눈에만 작아 보일 뿐, 배는 그대로라네.
그리고 누군가 '저기 그 배가 사라졌군'이라고 말하는 순간
다른 이의 눈에는 그 배가 오는 것이 보인다네.
다른 목소리가 기쁨에 겨운 소리를 외치려 한다네. '여기 배가 오
  는군!'

그것이 죽는 것이라네……

죽음은 자신의 때 자신의 방식으로 찾아온다네.

죽음은 그것을 경험하는 개인만큼 개별적이고 독특한 것이라네.

살아 있는 이들의 눈에 죽은 이는 완전히 소멸되어 사라지는 것처럼 보일지도 모른다. 그러나 반다이크는 인간 존재가 그렇게 소멸되어 사라진다는 생각에 반대한다. 우리 눈에 보이던 배가 멀어지며 시야에서 사라져도 그 배는 어디에선가 여전히 온전한 모습으로 존재하듯이, 인간 존재의 삶과 죽음도 그러하리라고 믿는다. 반다이크에게 삶과 죽음은 사라짐과 나타남의 변주일 뿐이다. 그러나 반다이크는 그 사라짐과 나타남의 내용과 형식이 구체적으로 어떤 것인지 말하지 않는다. 다만 죽음이 각자의 때에 제 나름의 방식으로 오는 것이라고 말한다. 그렇기에 죽음은 자기만의 방식으로 홀로 겪어야 하는 외로운 일일지도 모른다.

우리가 각자 자기 방식대로 겪게 될 죽음이 어떤 것일지 알 길이 없기에, 우리는 그저 죽음에 대해 상상할 뿐이다. 죽음에 대한 상상에는 죽음의 세계에서 이 세상 삶에 대한 기억이 어떻게 될지에 관한 것도 있을 것이다. 영국 빅토리아시대의 시인 로세티Christina Rossetti, 1830-1894는 「어떤 노래A Song」라는 시에서 그것을 묻는다.

나 죽으면, 사랑하는 이여,

날 위해 슬픈 노래 부르지 말고

내 머리맡에 장미도

그늘지는 사이프러스나무도 심지 마오.

내 위에 소나기와 이슬방울로 젖은

푸른 풀이 있게 해주오.

당신이 원하면 기억하고,

원하면 잊으시구려.

나는 그림자도 보지 못하고,

비도 느끼지 못하리.

나이팅게일이 고통에 찬 듯

계속 노래하는 것도 듣지 못하리.

뜨지도 지지도 않는

미명과 석양을 꿈꾸고 있으리.

아마 기억할지도 모르리.

어쩌면 잊을지도 모르리.

살아 있는 사람들은 죽은 이를 기억하기도 하고 잊기도 한다. 그런데 죽은 이들이 가는 곳은 어떤 세상일까? 그곳은 분명히 이 세상과는 다른 곳일 테니, 거기에서는 이 세상에서 해를 따라 지나가던 그림자도 보지 못하고, 비가 내리는 것도 느끼지 못하고, 나이팅게일의 노랫소리도 듣지 못할 것이다. 그런데 그곳에서 이 세상에 대한 기억은 어떻게 될까? 그곳에 가 있어도 이 세상 삶에 대한 기억이 그대로 남아 있을까? 그래서 새벽이 오고 저녁 하늘이 노을빛으로 물드는 이 세상의 풍경이 그리워 그것을 꿈꾸게 될까? 알수 없는 일이다. 살아 있는 사람들이 죽은 이를 기억하기도 하고 잊기도 하듯이, 그들도 이 세상에서의 삶을 기억할지도 모르고 어쩌면 잊을지도 모른다.

그런데 우리에게 죽음이 찾아오고 나서도 우리가 계속 존재해야만 하는 것일까? 미국의 현대 시인 글릭Louise Glück, 1943-의 시 「밤의 이동The Night Migrations」이 그러한 질문을 한다.

지금 그대가 다시 볼 때이다
마가목의 붉은 열매와
어두운 하늘에
새들이 밤에 이동하는 것을.

죽은 사람들은 이것을 보지 못하리란 생각이
나를 슬프게 한다.
우리가 기대는 이것들,
그것들은 사라진다.

그때 영혼은 어떻게 자신을 위로하지?

어쩌면 영혼은 이런 즐거움이 더는 필요하지 않다고
스스로 말한다.
상상하기 어렵겠지만
존재하지 않는 것, 그것으로 충분할지도.

죽음은 분명 우리의 존재를 송두리째 바꾸어놓는다. 죽은 이는
살아 있는 이의 마음에 위로를 주는 마가목의 붉은 열매와 어두운
하늘을 배경으로 새가 날아가는 아름다운 풍경을 보지 못한다. 시
인은 그때 영혼이 무엇으로 자신을 위로할지 궁금해한다. 그런데
시인은 어쩌면 그러한 위로가 필요한 영혼 자체가 없어진다 해도
괜찮지 않느냐고 묻는다. 어떤 이들은 몸이 죽고 나면 영혼도 더는
존재하지 않는다는 것을 상상하기 어렵겠지만, 시인은 육체의 죽
음과 더불어 영혼도 사라져 그것으로 내 존재가 끝나는 것, 그것
으로 충분하다고 말한다.

그런데 몸이 죽고 나서 우리가 여전히 존재할 수 있다 해도 그것
이 꼭 한 가지 방식일 필요는 없다. 자연의 한 부분이 되어 순환하
는 자연 속에 머물 수 있다면 그것도 좋으리라. 미국 시인 프라이
Mary Elizabeth Frye, 1905-2004의 시에 그러한 생각이 담겨 있다. 「내 무
덤에 서서 울지 말아요Do Not Stand at My Grave and Weep」라는 잘 알
려진 시이다.

내 무덤에 서서 울지 말아요.

나는 거기에 없다오. 잠들어 있지 않다오.

나는 천 가락 불어오는 바람

눈 위에 빛나는 다이아몬드

농익은 곡식 위의 햇빛

부드러운 가을비라오.

아침의 고요 속에 그대가 깨어날 때

나는 조용히 원을 그리며 나는 새들의

빠른 솟구침이라오.

나는 밤에 빛나는 부드러운 별들이라오.

내 무덤에 서서 울지 말아요.

나는 거기에 없으니. 나는 죽지 않았으니.

이러한 상상이 터무니없는 것은 아니다. 과학적으로 따져보면 우리가 죽으면 몸은 분해되고 해체되어 원자의 상태로 돌아간다. 그렇게 우리 몸에서 풀려난 원자들은 다른 형식으로 여전히 남는다. 원자는 그렇게 수많은 생명체와 무생물의 몸을 이루고 떠나는 일을 반복한다. 자연에서 탄생과 죽음이란 원자들이 존재하는 형식이 바뀌는 것뿐이다.

그런 맥락에서 보면 모든 존재는 영원한 순환의 과정에서 나타났다 사라질 뿐이며, 그 순환의 과정 자체는 멈추지 않는다. 그렇기에 **휘트먼**Walt Whitman, 1819-1892. 미국 시인은 「나의 노래Song of Myself」에서 이렇게 말한다.

누가 태어나는 것이 행운이라고 생각한 적이 있는가?
나는 서둘러 그 사람에게 죽는 것도 똑같은 행운이라고 말한다.
　나는 그것을 안다.

나는 죽어가는 자들과 죽음을 지나가고, 갓 씻긴 아이와 탄생을
　지나간다.
나는 모자와 신발 사이에 갇혀 있지 않다.

다양한 사물을 정독하지만, 어느 것도 똑같지 않고 모든 것이 좋다.
지구도 좋고, 별들도 좋고, 거기 부속된 것들도 모두 좋다.

나는 지구도 아니고 지구의 부속물도 아니다.
나는 사람들의 짝이다. 모두가 나 자신처럼 불멸의 존재이고 깊이
　를 헤아릴 수 없다.
(그들은 자신들이 얼마나 불멸인가를 모르지만, 나는 안다.)

　휘트먼은 자신이 모자와 신발 사이에 있는 육체에 갇힌 존재가
아니라고 말한다. 같은 시에서 휘트먼은 "내게 속하는 모든 원자

116

는 당신에게도 속한다"라고 말한다. 휘트먼은 자신이 수많은 탄생과 죽음을 반복한다고 말하는데, 원자 차원에서라면 충분히 가능한 일이다. 휘트먼의 생각은 개인 안의 신성을 인식하고 이를 바탕으로 우주적 질서와 조화를 이루려는 초월주의 철학에 기반을 두고 있지만, 원자적이기도 하다. 그에게는 원자 차원에서도 온 우주가 하나로 연결되어 있다.

죽음 이후의 존재 방식에 대한 각자의 생각이 무엇이든, 우리는 여전히 죽음의 세계에 대해 상상하길 멈추지 않는다. 그리고 그곳이 너무 춥고 어둡지 않기를 바라며, 견딜 만한 곳이기를 소망한다. 체코의 시인 홀란Vladimir Holan, 1905-1980은 「부활Resurrection」이라는 시에서 우리가 가야 할 곳에 대해 재미있는 상상을 한다.

우리의 이 삶이 끝나고 어느 날
나팔이 무섭게 울리는 소리에 깨어난다는 것이 사실일까요?
하느님 용서하세요.
하지만 우리 죽은 자 모두의 시작과 부활을
그저 시계 울리는 소리로 알린다면 위로가 되겠어요.

그런 후에도 우리는 그저 한동안 누워 있겠지요.
제일 먼저 일어나는 사람은 어머니일 테고······
우리는 어머니가

조용히 불을 지피고

조용히 화로 위에 솥을 올리는 것과

찬장에서 찻잔을 꺼내는 소리를 아늑하게 듣겠지요.

다시 집에 온 것이지요.

  기독교적 세계관에 따르면 이 세상은 우리가 잠시 머무는 곳이며, 죽음은 우리가 영원히 머물 곳으로 돌아가는 일이다. 청교도들은 천사들의 나팔 소리에 죽은 자들이 깨어나 부활한 몸으로 다시 살며, 나팔을 불며 나타난 천사들이 우리의 영혼을 마차에 실어 천국으로 데려간다고 믿는다. 이러한 종교적 믿음을 따르지 않는 이들도 죽음을 우리가 떠나온 곳으로 되돌아가는 것으로 여기기도 한다. 그래서 죽는 것을 '돌아간다'라는 말로 표현하는 것인지도 모른다. 천상병 시인의 「귀천」처럼, 죽음은 그저 이 세상으로 소풍 나왔다 다시 제집으로 돌아가는 것인지도 모른다. 그래서 그곳에서도 이곳의 익숙한 일상이 이어진다면 좋으리라. 시계 울리는 익숙한 소리에 잠이 깨어 따듯한 이불 속에서 잠시 더 있다가 어머니가 끓이는 차 향에 몸을 일으킨다면 얼마나 좋겠는가. 우리 정서로 표현하면 어머니가 끓이는 된장국 냄새에 끌려 일어나는 것이리라. 누군들 서둘러 일어나 이곳에서보다 더 기꺼이 어머니 일을 거들지 않겠는가.

제2부

떠나는 자와 남겨진 자

8장

내가 죽고 나면 세상은

온 세상은 하나의 무대이고, 모든 남녀는 그저 배우일 뿐
셰익스피어William Shakespeare

나는 죽음이 두렵지 않다. 살아 있지 않음이 두려울 뿐이다.
재러드 알렉산더Jared Alexander

어린 시절 자주 궁금했던 것은 내가 죽고 나면 세상이 어떻게 될까 하는 것이었다. 내가 죽어 사라지고 난 후에도 세상은 아무 변화 없이 같은 모습으로 남아 있을까, 아니면 나를 잃은 슬픔으로 무너져내릴까? 돌아보면 이 궁금증은 세상이 어떻게 될지에 관한 단순한 호기심이 아니라, 내가 없는 공백과 허전함을 세상이 느끼기를 무의식적으로 바랐던 것이다. 내가 죽고 나면 우주의 한 귀퉁이가 떨어져나가거나 커다란 구멍이 뚫려 작아지거나, 혹은 하늘의 별 하나가 사라져 세상이 그만큼 어두워졌으면 하고 바랐다. 내가 죽어 사라져도 내가 없는 것을 세상이 느끼지 못한다면, 아니

외려 그것을 반긴다고 생각하면, 어린 마음에도 서운하고 슬펐다.

내가 죽고 난 후에도 세상에는 아무런 변화 없이 내가 경험하던 일상의 날들이 계속되리라는 것을 안 지도 오래되었다. 그래도 이따금 내가 죽은 뒤의 세상에 대해 생각한다. 이 궁금증은 언젠가는 이 세상을 떠나야만 하는 누구도 결코 떨칠 수 없는 것인지도 모른다. 영국 시인 하우스먼A. E. Housman, 1859-1936의 시는 우리가 떠난 뒤의 세상에 대한 궁금증을 이렇게 표현하고 있다.

"내가 살아 있을 때
내가 몰면서
워낭 울리는 소리를 들었던 소들이
밭을 갈고 있는가?"

그렇다네, 소들이 흙을 밟고
지금도 워낭이 울린다네.
밭을 갈던 그 땅 아래
자네가 누웠어도 변함이 없다네.

"강변에서는
젊은이들이 공을 뒤쫓으며
공놀이하는가?

이제 나는 더는 서 있지도 못하는데."

그렇다네, 공이 날아다닌다네
젊은이들이 마음껏 놀이를 즐긴다네.
골대가 서 있고
문지기가 서서 골대를 지킨다네.

"내가 이별을 힘겨워한
내 여인은 행복한가?
그녀가 저녁에 누울 때
울다 지치는가?"

아, 그녀는 가벼운 마음으로 눕는다네.
울며 눕지 않는다네.
자네의 여인은 아주 만족해한다네.
잠자코 있게나, 젊은이, 잠이나 자게.

"내 친구는 기운찬가?
나는 이제 여위고 수척한데.
그 친구가 내 잠자리보다
더 나은 자리를 찾아 눕는가?"

제2부 떠나는 자와 남겨진 자

그렇다네, 친구, 난 편히 잠자리에 든다네.
젊은이가 원하는 그런 식으로 말일세.
난 죽은 이의 연인을 기쁘게 한다네.
누구의 연인인지는 묻지 말게나.

「내 소가 밭을 가는가Is My Team Plowing」는 각별한 우정을 나누었을 두 젊은이가 나누는 대화이다. 한 사람은 아직 살아 있고, 다른 이는 죽었다. 죽은 청년은 세상이 여전한지 궁금하다. 자기 소가 여전히 밭을 갈고 있는지, 강변에서는 젊은이들이 여전히 공을 차는지 묻는다. 그런데 이러한 질문들은 그가 가장 궁금해하는 것을 향해 가는 디딤돌에 지나지 않는다. 사실 그가 간절히 알고 싶은 것은 사랑했던 연인이 그가 죽고 난 후 어떻게 지내는지에 관한 것이다.

시는 이 질문을 향해 나아가며 긴장이 고조된다. 그는 홀로 남겨진 연인이 그를 잃은 슬픔으로 울다 지쳐 잠자리에 들지 않는지 묻는다. 이 질문은 겉으로는 사랑했던 이의 안부를 묻는 것이지만, 그 질문의 안쪽에는 그녀가 그러기를 바라는 간절함이 자리잡고 있다. 시는 이 질문과 이어지는 답변에서 가장 극적인 순간으로 치닫는다. 살아 있는 친구는 자신이 매일 저녁 어떤 죽은 이의 연인을 기쁘게 하며 잠이 드는데, 그가 누구인지 묻지 말라고 당부한다. 아, 그 사람은 당연히 죽어서도 살아 있는 자기 연인의 안부가 궁금한 친구이리라.

어떤 이들은 이 시의 결말이 너무 충격적이라고 생각할 것이다. 그러나 이 시는 죽은 연인을 잊고 변심하는 사랑의 가벼움을 탓하는 것이 아니다. 또 사랑하는 사람을 잃은 자의 삶을 죽은 이를 위한 애도로 채우기를 권하는 순장殉葬의 서사도 아니다. 그보다 이 시는 살아 있는 사람들은 바로 그 이유로 저마다의 삶을 계속 살아가야 한다는 단순한 사실을 말한다. 때로는 그것이 비정해 보이는 경우라도 말이다.

인간의 삶과 죽음, 그리고 우리가 사는 세상과의 관계를 뛰어난 문학적 비유로 설명한 이는 셰익스피어인데, 그는 『뜻대로 하세요 As You Like It』에서 이렇게 말한다.

온 세상은 하나의 무대이고,
모든 남녀는 그저 배우일 뿐이어서
무대에 오르고 퇴장하나니.

셰익스피어에게 세상은 하나의 커다란 연극무대였고, 사람들은 저마다 이 세상이라는 무대에 오르는 배우였다. 그렇게 무대에 오른 배우의 운명은 자신의 배역이 끝나면 무대 뒤로 퇴장하여 다시는 등장하지 않는 것이다. 그리고 그 무대에는 계속해서 다른 배우들이 오르고 퇴장한다.

셰익스피어의 이러한 생각이 잘 드러난 또다른 작품은 『맥베스 *Macbeth*』이다. 스코틀랜드의 장군인 맥베스는 자신의 부관 뱅코와 함께 노르웨이 원정에서 돌아오다가 황야에서 세 마녀를 만난다. 마녀들은 뱅코와 그의 후손이 왕이 되리라고 예언한다. 이 말은 맥베스의 내부에 잠재해 있던 권력에 대한 욕망을 일깨우고, 맥베스는 뱅코를 살해한다. 맥베스가 왕이 되려면 자신이 섬기는 던컨왕까지 죽여야 하지만 맥베스는 망설이고 주저한다. 맥베스의 부인은 주저하는 맥베스를 부추기고, 맥베스는 마침내 던컨왕을 죽이고 왕위에 오른다. 그러나 맥베스는 죽은 뱅코의 망령에 시달리고, 부인은 양심의 가책으로 몽유병자가 되어 마침내 자살한다. 맥베스는 자기 부인이 자살했다는 비극적 소식을 듣고 이렇게 탄식한다.

내일이 오고, 또 오고, 또 와서
이렇게 하찮은 걸음으로 하루하루
기록된 시간의 최후 순간까지 기어가고
우리의 모든 어제의 날들은 어리석은 자들이
흙으로 돌아가는 죽음의 길을 비춰주는구나. 꺼져라, 꺼져라, 짧
　은 촛불아!
인생이란 걸어다니는 그림자일 뿐,
주어진 시간 무대 위에서 안달하고 우쭐대다가

소리 없이 사라지는 불쌍한 배우,

인생은 바보들이 지껄이는 이야기

요란하고 광기 가득하지만 아무 의미도 없는.

우리는 저마다 세상이라는 연극무대에 오른 배우이지만, 누구
도 그 무대에 영원히 머물지 못한다. 무대에서 때로는 우쭐대고 때
로는 안달하면서 주어진 배역을 연기하다 그것이 다 끝나면 무대
뒤로 퇴장해서 다시는 등장하지 않는 배우의 운명이 곧 인생이다.

삶이 바보들의 이야기이며 의미 없이 지껄이는 악다구니 같은
것이라는 선언은 세상이라는 무대에 대한 집착이 부질없는 것임
을 일깨운다. 어떤 이들은 제 삶을 굳건히 지키려고 권력과 부와 명
예를 추구하지만, 그들도 무대에 영원히 머물지 못한다. 삶에 대한
기획이 크고 집착이 강한 사람들도 어쩔 수 없이 떠밀려 무대를 내
려오는 이야기는 세상이라는 무대에 대한 집착이 얼마나 부질없는
것인가를 더 비극적으로 말해줄 뿐이다. 죽음은 인간의 모든 기획
을 무위로 만들며, 저 죽음의 세상뿐만 아니라 이 세상마저 지배하
고 있음을 확인시켜준다. 그렇기에 우리는 살아 있는 동안에도 걸
어다니는 그림자에 불과한 것인지도 모른다.

맥베스의 이 구절은 많은 이들이 사랑하는 독백이다. 이 독백
의 마지막 구절은 미국 작가 포크너William Faulkner, 1897-1962의 소
설『소리와 분노*The Sound and the Fury*』의 제목에도 차용되었다. 그

리고 20세기 미국인들에게 가장 사랑받은 시인 프로스트는 맥베스의 이 독백을 직접 인유하여 시를 썼는데, 「"꺼져라, 꺼져라"“Out, Out”」라는 시이다. 이 시의 공간적 배경은 프로스트가 시에서 자주 그려내는 미국 북동부 지역이다. 시간적 배경은 늦가을 늦은 오후로, 한 가족으로 보이는 사람들이 마당에서 겨울에 쓸 장작을 만들려고 나무를 톱으로 자르고 있다.

둥근 톱이 마당에서 으르렁거리고 덜컹대고
톱밥을 만들고 난로 크기의 나무토막을 떨어뜨렸다.
그 위로 가벼운 바람이 지나가면 감미로운 냄새가 나는 것들.
거기서 눈을 드는 자들은 세어볼 수 있었다
석양 아래 멀리 버몬트주까지
서로 겹쳐진 다섯 개의 산맥을.
톱은 으르렁거리고 덜컹대고, 으르렁거리고 덜컹댔다
가볍게 공회전하거나 나무를 잘라야 할 때.
아무 일도 일어나지 않았다. 날이 거의 저물고 있었다.
이제 마치자, 일에서 놓여날 때
그토록 소중하게 여기는 삼십 분을 소년에게 주기 위해
이렇게 말했더라면 얼마나 좋았을까.
그들 곁에 앞치마를 두른 누이가 서서 "저녁 드세요"라고 말을
    했다.

그 말에, 톱이

마치 자기도 저녁이라는 말이 무슨 의미인지 안다는 듯이

소년의 손으로 뛰어올랐다, 아니 뛰어오르는 것처럼 보였다.

소년이 손을 주어버린 것이 분명하다. 어느 경우였든

어느 쪽도 그 만남을 거부하지 않았다. 하지만 손은!

소년이 손을 집어들고 그들을 향해 몸을 돌릴 때

소년의 첫 외마디는 슬픈 웃음이었다

반쯤은 호소하려는 듯, 반쯤은 삶이 쏟아지는 것을 막아보려
　는 듯.

그때 소년은 모든 것을 깨달았다.

이제 알 만큼 자랐기에

마음은 아직 아이였지만, 어른 몫의 일을 하고 있었기에

소년은 모든 것이 잘못되었다는 걸 알았다.

"의사 선생님이 오면, 내 손을 자르지 못하게 해줘. 누나, 못 자르
　게 해!"

그랬다. 하지만 손은 벌써 사라지고 없었다.

의사가 소년을 마취제의 어둠 속에 가두었다.

소년은 입술이 들썩이도록 거칠게 숨을 쉬며 누워 있다.

그리고 그때─맥박을 재던 사람이 깜짝 놀랐다.

누구도 믿을 수 없었다. 그들이 가슴에 귀를 대어보았다.

약하게─더 약하게─아무 소리도!─그리고 그것으로 끝이었다.

거기에 더는 일으켜볼 것이 없었다. 그리고 그들은

그들은 죽은 자가 아니었기에, 자신들의 일상으로 돌아갔다.

　종일 계속된 고된 일이 이제 거의 끝나갈 무렵 비극적 사건이 일어난다. 아마도 소년은 겨울에 쓸 장작을 만드는 여러 작업 중 가장 간단한 일, 즉 톱날에 잘려 땅에 떨어지는 나무토막을 주워 옆으로 치우는 일을 했을 것이다. 온종일 그 일을 반복해서 하다보면 땅에 떨어지는 것은 무엇이든 거의 무의식적으로 집어들었을 것이다. 어느 순간 소년이 반사적으로 주워든 것은 나무토막이 아닌 자신의 잘린 손이었다. 그 순간 소년에게 죽음이 찾아온다. 프로스트는 마음은 아직 아이지만 몸은 다 자라서 어른 몫의 일을 하던 건장했던 소년의 생명이 갑작스럽게 사라지는 것을 "약하게 little―더 약하게less―아무 소리도nothing!"라는 세 단어를 통해 효과적으로 표현한다. 삶은 그렇게 한순간에 죽음에게 자리를 내주기도 한다.

　이 시에 나오는 소년처럼, 삶이 다채롭게 펼쳐 보일 많은 것을 경험하지 못하고 때 이른 죽음을 맞는 것은 비할 바 없이 슬픈 일이다. 그런데 시의 마지막에서 시인은 남겨진 사람들은 "죽은 자가 아니었기에, (다시) 자신들의 일상으로 돌아갔다"라고 말한다. 소년이 그렇게 갑작스럽게 죽었는데도 슬퍼하지 않았다는 말일까? 아니다. 그들이 슬퍼한 것은 시인이 굳이 말할 필요가 없을 만큼 당연한 일이다. 그런데도 그들은 자신들의 일상으로 돌아갔다. 그 것은 그들이 특별히 비정한 사람들이라서가 아니라 그들에게는 아직 세상이라는 무대 위에서 배우로서의 역할이 끝나지 않았기 때문이다. 그러니 저마다의 일상으로 돌아갈 수밖에 없지 않겠는 가. 그들에게는 삶이 계속되어야 한다.

오래전 어머니가 돌아가셨다. 추운 겨울이었다. 시골집에서 장 례를 치르며 몹시 슬펐지만 춥고 배가 고팠다. 더운 국밥을 먹으며 내게 돌봐야 할 몸이 있다는 것에 대해 그때만큼 절망해본 적이 없 다. 이십 년이 더 지나 아버지가 돌아가셨을 때는 먹고 자는 일에 대한 죄책감이 덜했다. 장례를 치르며 필요한 만큼 먹고 자는 것 은 슬프지 않아서도 아니고 돌아가신 분을 욕되게 하는 일도 아 니라 그저 자연스러운 일이라는 것을 알게 되어서다. 언젠가 내가 죽으면, 내 아이들이 슬프더라도 필요한 만큼 먹고 자며 장례를 치 르면 좋겠다.

그런데 이 세상이라는 무대에서 퇴장한 배우들이 가는 곳은 어 디일까? 그들은 어디인가 낯선 곳에서 다시 새로운 무대에 오르는 것일까? 그곳은 춥고 어두운 곳이라서 이곳이 그리울까? 그 누구 도 다시 돌아와 죽음의 세계가 어떤 곳인지 말해줄 수 없기에, 그 세계에 대한 궁금증은 이 삶에서는 결코 풀 수 없는 근원적인 것 으로 남는다. 이 세상과 죽음의 세상 사이의 가장 엄격한 규칙은 두 세계 사이의 이동이 한 방향으로만 가능하다는 것이다. 산 자들은 삶이 끝나면 죽음의 세계로 가지만, 죽은 자들은 결코 다시 삶의 세계로 돌아오지 못한다. 그리스 신화에서 뱃사공 카론이 노를 저어주는 배를 타고 이승과 저승의 경계에 있는 스틱스강을 건넌 자들은 영원히 죽음의 세계 밖으로 나오지 못한다. 살아 있는 자가 죽음의 세계를 방문한 후 다시 삶의 세계로 돌아오는 것은 아주 특별한 경우에만 가능하다. 그리스 신화 속 아이네이아스나 오르페우스처럼 말이다.

그러나 신화의 세계에서조차 한번 들어간 죽음의 세계를 떠나는 것은 쉬운 일이 아니다. 죽음의 세계를 다스리는 하데스에게 납치된 대지의 여신의 딸 페르세포네는 제우스의 중재에도 불구하고 석류 씨 하나를 먹었다는 이유로 그 어두운 세계를 완전히 벗어나지 못하고 한 해의 몇 달을 그곳에서 보내야 한다. 이 이야기는 한 번 죽음의 세계에 발을 들여놓으면 그곳을 벗어나기가 그만큼 어렵다는 것을 말한다. 가장 뛰어난 음악적 재주를 지닌 오르페우스도 자기 아내를 죽음의 세계 밖으로 데리고 나오지 못한다. 오르페우스는 사랑하는 아내 에우리디케를 잃고 나서 아내를 데리러 죽음의 세계로 간다. 그런데 오르페우스는 그곳을 완전히 벗어날 때까지 결코 뒤를 돌아보지 말라는 경고를 어기고 뒤따라오는 아내가 걱정되어 뒤를 돌아보고 만다. 오르페우스는 자신의 재주와 아내에 대한 지극한 사랑에도 불구하고 아내를 죽음의 세계 밖으로 데리고 나오지 못한다.

그런데 만일 어떤 기적이 일어나 우리가 아주 잠깐이라도 죽음의 세계에서 우리가 살던 이 세상으로 다시 돌아온다면 어떤 느낌이 들까? 티즈데일Sara Teasdale, 1884-1933. 미국 시인은 그러한 상상을 이렇게 그려낸다.

어쩌면 죽음이 친절해서, 그래서 다시 돌아올 수 있다면
우리는 어느 향내 나는 밤에 다시 이 땅으로 돌아오리라.
그래서 이 길을 따라가다가 바다를 만나고, 그리고 몸을 굽혀
낮게 그리고 하얗게 핀 바로 이 인동덩굴 향내를 맡으리라.

우리는 밤에 이 철썩이는 바닷가와
길고 부드러운 바다의 포효 소리로 걸어내려와
여기서 드넓은 별빛 아래 한 시간 정도 머물리라.
우리는 행복하겠지. 죽은 자들은 자유로우니까.

「만일 죽음이 친절하다면If Death Is Kind」이라는 시이다. 어두운 죽음의 세계를 잠시 벗어나 다시 밝은 이 세상으로 올 수 있다면 그것은 아주 특별한 경험이 될 것이 분명하다. 신화나 전설, 옛이야기에는 죽은 자가 산 자를 방문하는 일이 자주 나온다. 죽은 이가 꿈속에 찾아오거나, 때로는 햄릿의 살해당한 선왕처럼 유령의 몸을 빌려 찾아오기도 한다. 그런데 그들은 대개 특별한 목적이 있어

온다. 억울한 일을 호소하러 오거나, 살아 있는 이가 미처 알지 못하고 있는 것을 알려주기 위해서 온다. 그들에게는 아직도 이 세상과의 이해관계 속에서 해결해야 하는 일이 있는 셈이다. 죽어서도 여전히 해야 할 일이 있다면 그것은 불행한 일이다.

이 시에서 말하는 방문은 그러한 부담과 의무로부터 해방된 것이기에 특별하다. 지금 향내 나는 인동덩굴이 자라고 바다가 부드럽게 포효하고 있는 곳을 연인이 같이 걷고 있다. 그리고 자신들이 죽고 난 후 평화롭고 아름다운 그곳으로 다시 돌아오는 것을 상상한다. 죽음이 친절을 베풀어, 봄밤에 잠시 소풍 나오듯이, 그들이 시금 걷고 있는 곳을 잠시 다녀갈 수 있다면 진정으로 행복하리라고 생각한다. 죽은 자들은 자유롭기 때문이라고 말이다.

그런데 무엇에서 자유로운 것일까? 아마 삶의 모든 기쁨과 고통으로부터일 것이다. 우리가 삶이라는 무대에 올라 있는 동안에는 삶을 온통 채우는 기쁨과 고통에 매여 있기에, 온전한 자유를 누리기는 어렵다. 이 시는 우리가 자유로워야 비로소 행복할 수 있다고 말한다. 그러니 우리가 죽은 후 이 세상을 다시 찾아와, 무대에 선 배우가 아니라 객석에 앉은 관객이 되어 세상이라는 무대를 바라볼 수 있다면 그것은 참으로 행복한 일이리라. 행복했던 삶의 자리는 아련한 그리움으로, 고통스러웠던 자리는 그 고통에서 벗어난 자의 안도감으로 되돌아보게 될 것이다. 삶의 모든 의무로부터 해방된 자유는 그런 것이어야 하니까.

그런데 우리가 죽음의 세계로 갈 때 이 삶에서의 기억을 가져가는 것일까? 아니면 그리스 신화에서처럼 레테의 강물을 마시는 순간 이 세상의 기억이 모두 사라지고 마는 것일까? 그래서 죽음의 세계를 밝혀줄 어떠한 기억의 불빛과 온기도 없기에 그곳이 어둡고 차가운 것일까? 죽음의 세계에서 잠시 이 세상을 찾아올 수 있다면, 이곳에 돌아왔던 기억마저도 사라지는 것일까? 죽음이 친절하게도 잠시나마 다시 이 세상을 찾아오도록 허락했다면, 전에 머물던 삶의 자리를 둘러본 것을 기억하도록 친절을 베풀지 않을까? 고요한 봄밤에 아무도 모르게 잠깐 이 세상을 찾아와, 먼발치에서 사랑하는 사람의 뒷모습을 훔쳐보듯, 한때 그토록 마음에 위안과 행복을 주던 삶의 풍경들을 잠시나마 둘러볼 수 있다면 얼마나 좋으랴. 그렇게 둘러본 기억의 불빛으로 죽음의 깊은 어둠을 밝히고, 그 기억의 온기로 그곳의 추위를 녹일 수 있다면.

9장

남겨진 사람들

매일 밤 나는 기억의 묘지에 눕는다네. 달빛이 내 주위로 수의를 짠다네.

제리 스피넬리Jerry Spinelli

죽은 자의 삶은 살아 있는 자들의 기억 속에 있다.

키케로Marcus Tullius Cicero

모든 죽음은 우리가 사는 세상에 자그마한 균열을 만든다. 한 존재의 죽음은 그것을 겪는 이에게는 모든 것이 달라지는 우주의 대격변 같은 것이고, 그를 품었던 세상에도 작은 균열을 만든다. 한 사람의 존재가 사라지고 나면 세상에는 되돌릴 수 없는 미묘한 차이가 생겨난다. 때로 그 차이 때문에 세상이 다시는 본래의 모습으로 되돌아가지 못하기도 한다.

죽음은 생명 있는 존재에게 일어날 수 있는 가장 불행한 일이다. 그런데 죽는 자가 겪는 불행을 그를 아는 사람들도 함께 겪는다. 죽은 사람은 자기 불행을 표현할 길이 없지만, 그를 잃은 사람들은 그 불행을 다양한 형식의 감정으로 표현한다. 그것은 슬픔이 되고, 외로움이 되고, 분노가 되고, 부정과 체념이 되기도 한다.

아마도 사랑하는 사람을 잃은 분노의 감정을 가장 강렬하게 표현한 시는 오든W. H. Auden, 1907-1973. 영국에서 태어나 미국으로 귀화한 시인의 「장례식 블루스Funeral Blues」일 것 같다.

모든 시계를 멈추고 전화선을 끊어라.
육즙 흐르는 뼈를 물려 개도 짖지 못하게 하라.
피아노를 침묵시키고 소리 죽인 북으로 관을 인도해내고
애도하는 사람들을 들여라.

비행기가 애도하며 머리 위에서 선회하게 하라
하늘에 '그가 죽었다'라는 메시지를 적으며.
공용 비둘기들의 흰 목에 검은 상장喪章 나비넥타이를 매어라.
교통경찰관은 검은 면장갑을 끼게 하라.

그는 내 북쪽, 내 남쪽, 내 동쪽, 그리고 내 서쪽이었다.
내 일하는 주중의 날들이자 나의 일요일 휴식이었다.
나의 정오, 나의 자정, 나의 담소, 나의 노래였다.
사랑이 영원히 계속되리라 생각했지만, 내가 틀렸다.

이제 별들도 필요하지 않으니 모든 별을 꺼버려라.

달을 싸매고, 해를 해체해라.

바다를 쏟아버리고 숲을 쓸어버려라.

이제 어느 것도 소용없으니.

나의 모든 것이었던 사랑하는 사람을 잃고 나면 온 우주가 무너진다. 그를 잃기 전에는 미처 깨닫지 못했지만, 별과 달과 해도 결국은 사랑하는 사람이 있었기에 의미가 있었다. 그를 잃었으니 이제 별과 달과 해가 무슨 소용 있으랴. 바다와 숲도 마찬가지다. 이제는 소용없게 된 바닷물도 쏟아버려야 하고, 숲도 베어내야 한다.

사랑하는 이를 잃었을 때 느끼는 이러한 분노의 감정을 많은 이가 경험한다. 그런데 이러한 분노의 감정은 대개 즉각적이고 일시적이다. 거센 불길이 더 서둘러 사위는 것처럼, 격정적인 그 감정은 서둘러 가라앉기도 한다. 그러나 일시적 분노가 아니라 죽은 이가 떠나며 당신의 삶에 영원히 메울 수 없는 구멍을 만든다면, 당신은 이제 다시는 예전의 삶으로 돌아가지 못한다. 죽은 이가 당신 삶에 만드는 변화는 격렬하게 쏟아붓다 그치는 소나기처럼 찾아오기보다는 그치지 않고 내리는 보슬비처럼 당신의 삶에 스며든다.

사랑하는 이를 잃은 외로움은 언제나 당신 곁에 머물며 떠나지 않는다. 데라메어의 시가 그걸 잘 말해준다.

나이팅게일이 머물던 자리도 텅 비고

얼음 같은 대기 속 꽃으로 피어나는 서리가 얼어붙는다.

언 굴에서 여우가 울부짖는다.

맙소사, 사랑하는 이가 떠났구나.

나는 혼자이고

겨울이다.

분홍빛이 술 향기를 풍기면

야생벌들이 히아신스 꽃 종에 매달리겠지.

빛은 뿜어져나오는 아름다움 속으로 떨어질 테고.

맙소사, 사랑하는 이가 떠났구나.

나는 혼자이고

겨울이다.

내 촛불은 침묵의 빛을 내고

빛나는 오리온성좌는 머리 위를 헤맨다.

오라 나방이여 오라 그림자여, 세상은 죽었다.

맙소사, 사랑하는 이가 떠났구나.

나는 혼자이고

겨울이다.

「홀로Alone」라는 시이다. 시는 사랑하는 이를 잃은 겨울 이야기
로 시작한다. 자연의 계절은 계속 변하여, 겨울이 지나 봄과 여름

이 찾아온다. 하지만 사랑하는 이를 잃은 이의 마음은 언제나 겨울이다. 그리고 그 겨울은 춥기보다는 외로운 계절이다. 사랑하는 이가 떠나자 세상이 빛을 잃는다. 하늘의 거대한 사냥꾼인 오리온자리가 거두어 갈 목숨을 찾아 빛나는 듯하며, 그는 자신에게도 죽음의 나방과 죽음의 그림자가 찾아오기를 간청한다. 사랑하는 이의 죽음은 그렇게 남겨진 자에게서 삶의 의미를 거두어 간다.

데라메어의 시에서 사랑하는 사람을 잃은 이가 언제나 겨울이라는 계절을 살아야 하듯, 사랑하는 이의 죽음은 때론 남겨진 자의 삶을 찾아와 영원히 그곳에 머문다.

당신이 없다는 것이 나를 지나갔네
마치 실이 바늘귀를 지나는 것처럼.
내가 하는 모든 것은 그 색으로 꿰매진다네.

어떤 사람들은 사랑하는 이가 떠나며 남긴 빈자리를 이따금 느끼지만, 어떤 사람들은 한순간도 그것을 떨쳐내지 못한다. 미국 시인 머윈W.S. Merwin, 1927-2019의 「이별Separation」이라는 이 짧은 시는 한 사람의 죽음이 어떻게 남겨진 사람의 삶을 지배하는지 잘 표현한다. 떠난 사람이 남긴 빈자리가 남은 자의 삶에 실처럼 꿰어져 있으니, 그의 삶의 바늘이 지나는 모든 자리마다 죽음의 실이 함께 지나간다. 남겨진 이는 사랑하는 이가 죽고 나서도 부재라는 형식으로 남은 그와 함께 살아갈 수밖에 없다. 사랑하는 사람의 죽음이 우리에게 남기는 불행은 때로 그토록 지독하다.

디킨슨의 시도 사랑하는 이를 잃은 슬픔이 무엇인지 말한다.

죽음 다음날 아침
집의 분주함은
이 지상에서 행해진
가장 엄숙한 부지런함이라네.

마음을 빗질해 쓸고
사랑을 치워두는 일
영원의 시간 올 때까지
다시 쓰고 싶지 않으리라. (1078)

어떤 이들은 이 시를 이루지 못한 사랑에 대한 비유로 읽을 수도 있다. 사랑하는 이와 이별하는 것이 때로는 죽음과 같은 것이기에 첫 행의 죽음은 그런 이별을 의미할 수도 있다. 그렇게 이별을 경험하면 죽을 때까지 다시는 사랑을 하지 못할 것 같은 기분이 들기도 한다. 그런데 이 시는 첫 단어 그대로 죽음이 만든 이별을 의미할 수도 있다. 아직 살아 있는 사랑하는 이와 이별하는 것이 큰 불행이라면, 그를 죽음의 세계로 떠나보내는 이별은 얼마나 더 큰 불행이겠는가. 사랑하는 이의 죽음은 남겨진 자에게서 삶에 대한 사랑을 모두 쓸어가버린다. 세상이 결코 이전과 같을 수 없기에, 마음을 빗질해 쓸어버리고 세상에 대한 사랑도 갈무리해서 벽장에 넣어둔다. 사랑하는 이를 잃은 슬픔은 그렇게 세상에 등을 돌리게 한다.

세상에 등을 돌려도 사랑하는 이를 잃은 슬픔은 쉽게 사라지지 않는다. 바로 그것이 죽은 이가 그를 사랑했던 이에게 남기고 가는 고통과 불행이다. 밀레이는 「시간은 위안이 되지 않네Time Does Not Bring Relief」라는 시에서 그 고통과 불행을 얘기한다.

> 시간은 위안이 되지 않네. 시간이 내 고통을 지울 거라 말한
> 당신들은 모두 거짓말쟁이!
> 비의 울음 속에서 그를 그리워하고
> 파도가 밀려가는 곳에서 그를 원한다네.
> 모든 산자락마다 묵은 눈이 녹고
> 골목마다 지난해의 낙엽 태우는 연기 가득한데
> 하지만 지난해의 쓰라린 사랑
> 내 가슴에 쌓인 채 남으리. 내 옛 생각도 남으리.
> 가기 두려운 곳이 수백 곳
> 그렇게 그곳은 그에 대한 기억으로 넘친다네.
> 어떤 조용한 곳으로 안도하며 들어가

그의 발길 닿지 않고 그의 얼굴 빛나지 않은 곳이기에 말한다네.
'여기에는 그에 대한 기억이 없지!'
그렇게 그를 기억하며, 그렇게 괴로워하며 서 있다네.

사랑하는 사람을 잃은 슬픔은 시간이 흘러도 조금도 줄지 않는다. 그 사람에 대한 기억은 지난해의 낙엽을 태우듯 그렇게 지워버릴 수 없기에 그에 대한 기억은 잔인할 만큼 집요하게 내 삶을 떠나지 않는다. 그와 함께 있지 않았던 곳으로 도망가지만, 그가 따라오지 않는 곳은 없다. 그와 가지 않은 곳을 찾고, 그곳에 그와 함께 온 적이 없다는 생각을 하는 것 자체가 그를 기억하는 일이기 때문이다.

밀레이의 다른 시 「음악 없는 만가挽歌, Dirge Without Music」 역시 체념할 수 없는 슬픔을 말한다.

사랑하는 가슴을 단단한 땅에 가두는 것으로 체념하지 않으리.
지금 그렇고, 앞으로도 그럴 테지, 마음에서 나오는 시간은 그래
    왔으니까.
지혜롭고 사랑스러운 이들이 어둠 속으로 가는구나.
백합 왕관과 월계관을 쓰고 그들이 가는구나, 그래도 나는 포기
    하지 않으리.

제2부 떠나는 자와 남겨진 자

연인들과 철학자들이 그대와 더불어

무디고 차별하지 않는 흙과 하나가 되나니.

그대가 느끼고 그대가 알았던 것의 한 조각만이,

어떤 공식이나 구절만이 남는다네. 하지만 가장 좋은 것은 사라
　지고 없다네.

재빠르고 날카로운 답변, 정직한 표정, 웃음, 사랑

그 모든 것이 사라졌다네. 장미의 먹이가 되려 사라졌다네.

꽃은 우아하고 휘어져 있다네, 향내 난다네, 하지만 나는 인정하
　지 않으리라.

이 세상의 모든 장미보다 그대 눈빛이 더 귀했으니.

아래로, 아래로, 무덤의 어둠 속으로

부드러이 간다네, 아름답고 다정하고 상냥한 이들이.

조용히 들어간다네, 지적이고 재치 있고 용감한 이들이.

나는 안다네. 하지만 인정하지 않는다네. 나는 포기할 수 없네.

　죽은 이를 땅에 묻듯이 그를 사랑했던 마음도 함께 묻을 수 있으면 좋으련만, 때로는 그것이 불가능하다. 사랑하는 이가 주었던 삶의 모든 기쁨이 그와 함께 무덤 아래 어두운 곳으로 사라지는 것을 어찌 받아들일 수 있으랴. 아니 이 시는 어쩌면 그렇게 하지 않

으려는 의지의 표현이기도 하다. 사랑하는 이에 대한 기억은 아무런 흔적을 남기지 않고 지나가는 바람과 같지 않다. 바람은 이 세상의 모든 존재도 자신처럼 그렇게 왔다가 사라지는 것이라고 말할지 모르지만, 어떤 사람들에게는 죽은 자에 대한 기억은 결코 사라지지 않으며, 또 포기할 수 없는 것이기도 하다.

그러나 떠난 이의 죽음을 슬퍼하고 그를 그리워하는 것만이 그를 사랑하는 방식은 아닐 것이다. 떠난 이가 남긴 것으로 삶을 채우는 것도 그를 사랑으로 애도하는 방식이다. 영국 시인 하킨스David Harkins, 1958- 의 시 「그가 떠났다네(나를 기억해주오)He is Gone (Remember Me)」가 바로 그러한 애도를 보여준다.

그가 떠났기에 눈물을 흘릴 수 있지요.
아니면 그가 살았었기에 미소 지을 수도 있어요.
눈을 감고 그가 다시 살아오기를 기도할 수 있지요.
아니면 눈을 뜨고 그가 남긴 모든 것을 볼 수도 있어요.

그를 볼 수 없기에 가슴이 텅 비겠지요.
아니면 그와 나눈 사랑으로 가득찰 수도 있어요.
내일에 등을 돌리고 어제를 살 수도 있지요.
아니면 어제가 있었기에 내일 행복할 수도 있어요.

오직 그가 떠난 것으로 그를 기억할 수 있지요.

아니면 그에 대한 기억을 소중히 여기며 그 기억이 계속 살아가게

　할 수도 있어요.

울고 텅 비도록 마음을 닫고 등을 돌릴 수 있지요.

아니면 그가 원하는 것을 할 수도 있어요.

미소 짓고, 눈을 열고, 사랑하고, 계속 나가는 것을.

달리 덧붙일 말이 필요치 않은 시이다. 떠난 이가 거두어 간 것
보다 남기고 간 것에 눈을 돌릴 때, 떠난 이의 죽음은 새롭게 이해
되며, 남겨진 이의 미래를 열기도 한다. 밀레이의 또다른 시에도 그
런 이야기가 담겨 있다. 「한탄Lament」이라는 시이다.

애들아, 들으렴.

아버지가 돌아가셨다.

아버지의 낡은 외투로

작은 외투를 만들어주마.

아버지의 낡은 바지로

작은 바지를 만들어주마.

바지 주머니에

아버지가 넣고 다니던 것들이 있을 게야.

담뱃가루 뒤덮인

열쇠와 동전들이.

댄은 동전을 가지렴.

저금통에 넣을 수 있으니.

앤은 열쇠를 가지렴.

예쁜 소리가 나니까.

계속 살아야 한다.

좋은 사람이 죽어도.

앤, 아침을 먹으렴.

댄, 약을 먹으렴.

계속 살아야 한다.

이유는 잊었단다.

남편을 잃은 아내와 아버지를 잃은 아이 둘이 있다. 세상으로부터 자신을 지켜주던 남편과 아버지의 빈자리는 감당하기 어려울 것이다. 그래도 어머니는 마음을 추스른다. 삶은 계속되어야 한다고 말하며, 남편이 입던 옷을 줄여 아이의 외투와 바지를 만든다. 아버지가 남긴 작은 유품들은 아이들이 삶을 이어가는 바탕이 된다. 동전은 아이의 경제적 기반이 되고, 소리 나는 열쇠꾸러미는 아이의 감성을 키우는 기반이 된다. 어머니는 주문처럼 중얼거린다. 계속 살아야 한다고. 그래서 아이들에게 아침을 먹이고 약을 먹인다. 비록 선한 사람이 죽어도 슬픔으로 삶이 멈춰서는 안

된다며. 왜 그래야 하는지 이유는 잊었지만 삶은 계속되어야 한다
며. 그것이 어쩌면 사랑하는 이가 떠난 후에도 그를 가장 사랑하
는 방식이리라.

10장

어린아이의 죽음은
더 슬프다

말로 표현할 수 없는 슬픔처럼 슬픈 것은 없다.

롱펠로Henry Wadsworth Longfellow

모든 죽음이 슬프지만, 어린아이의 죽음은 더 슬프다. 어린 자식을 잃는 슬픔은 죽음이 우리에게 안기는 가장 극단적 형식의 슬픔이다. 17세기 영국에서 시와 드라마를 썼던 존슨Ben Jonson, 1572-1637은 일곱 살 난 아들을 잃었을 때 그 슬픔을 이렇게 표현했다.

잘 가라, 내 오른손의 자식이자 기쁨이여

사랑받은 아이야, 네게 너무 큰 희망을 품은 것이 죄였구나.

칠 년간 내게 임대되었으나 이제 값을 치르는구나.

네 운명에 의해 태어난 그날에.

제2부 떠나는 자와 남겨진 자

오 내가 아버지의 모든 것을 잃을 수만 있다면!

사람이 부러워해야 할 상태를 왜 한탄한단 말이냐?

설령 또다른 비참인 노년은 없다 하더라도

세상과 육체의 분노를 그토록 일찍 벗어난 것을?

평화로운 안식을 누려라. 누가 묻거든 대답하려무나.

"여기 벤 존슨의 가장 뛰어난 시가 묻혀 있다고,

그를 위해, 앞으로는 사랑하는 것을 너무 사랑하지 않으리라

맹세한다고."

「내 첫아들에 관하여On My First Son」라는 시이다. 존슨에게 아들은 자신이 쓴 가장 아름다운 시였다. 그런 아들을 일곱 해 만에, 그것도 아들의 생일에 잃었다. 그는 아들이 오래도록 자신의 것이리라고 생각했지만 아들을 잃고 나서야 아들이 잠시 자기에게 임대되었다는 것을 깨닫는다. 그는 사랑하는 것을 지나치게 사랑하는 일의 슬픔을 뼈아프게 느낀다. 그래도 위안이 필요하기에, 아이가 자신에게 닥칠 세상의 모진 채찍질을 겪지 않아도 되니 얼마나 다행이냐고 스스로 위로한다. 하지만 아이를 잃은 슬픔은 평생 그를 떠나지 않았다.

이 시는 존슨의 아들 묘비에 새겨져 있다. 자식을 위한 비가를 쓰는 아비의 마음을 다 헤아리기는 어렵다. 그것은 세상에서 가장 슬픈 노래이자 시다. 단순히 죽은 이를 애도하는 시라서가 아니라

파리의 몽마르뜨 묘지에 있는 어느 무덤을 장식한 슬퍼하는 여인상

자기 자식의 죽음을 애도하는 시기이기에 그렇다. 사랑하는 자식을 잃은 부모는 자식을 땅만이 아니라 가슴에도 묻는다. 아이는 부모 가슴에 깊은 구덩이를 파고 자리잡는다. 아이는 그곳 깊은 어둠에 쪼그리고 앉아 부모의 한숨을 먹고 눈물을 마시며 떠나지 않는다.

어느 부모에게나 자식은 단순히 세상에 존재하는 또다른 생명 이상이다. 부모는 자식을 통해 자신의 삶이 계속 연장된다고 느낀다. 그렇기에 자식은 부모의 분신이자 또다른 자아이기도 하다. 그런 자식이 죽는다는 것은 자신의 미래가 사라지는 것이다. 아이가 죽으면서 부모의 미래를 지우기에, 미래가 사라진 부모는 현재 삶도 견디지 못한다. 미래가 없는 삶은 그렇게 무너져내릴 수밖에 없다.

자식을 일찍 잃은 부모는 어린아이의 죽음을 볼 때마다 자식 잃은 슬픔을 되풀이해 겪는다. 미국 시인 윌콕스Ella Wheeler Wilcox, 1850-1919의 「작고 흰 상여The Little White Hearse」는 그러한 동병상련의 슬픔을 노래한다.

누군가의 아이가 오늘 묻혔다네
묘지에서 텅 빈 흰 상여가 덜컹거리며 돌아온다네
상여가 지나는 사이 내가 길옆에 멈춰 서 있을 때
무슨 이유인지 아침이 덜 미소 짓고 덜 화사했다네.
태양의 황금빛 길에 그림자가 드리운 것 같았다네.

누군가의 아이가 안식을 위해 땅에 눕혀졌네.

눈송이처럼 희고 바라보기 아름다운 아이가

부드러운 작은 손이 가슴 위로 포개졌네.

그 손과 입술과 눈꺼풀을 지그시 누르네.

눈꺼풀이 차가운 만큼 뜨거운 입맞춤으로.

누군가 주검이 눈에서 멀어지는 것을 보네.

관 뚜껑 아래서―문밖으로

누군가 여름 햇살의 영광을 통해

오직 어둠과 시드는 것만을 보네.

누군가의 아이는 다시는 깨어나지 못할 것이라네.

누군가의 슬픔이 나를 울게 하네.

그녀 이름 모르지만, 메아리처럼 그녀 따라 운다네.

그녀는 귀하게 얻은 아이를 오래 곁에 두고 싶어했지만

아이는 긴 마지막 잠으로 떠나갔네.

덜컹거리며 지나가는 작고 흰 상여를 타고서.

나 그녀 이름 모르지만, 그녀 슬픔 아네.

갈림길에 서 있는 동안 그 고통을 내가 다시 겪는다네.

오직 어미 가슴에만 흐르는 고통

슬픔의 강이 내 가슴에 다시 솟구치네.

그 작고 흰 상여가 내 집 앞에도 왔었으니까.

한 여자가 자그마한 크기의 흰 상여가 지나가는 것을 바라본다. 상여의 크기로 보아 아이가 죽은 게 분명하다. 그 여자는 아이를 잃은 누군가의 슬픔을 떠올리며 운다. 어미의 가슴에 흐르는 그 슬픔을 알기에 운다. 이 시를 쓴 윌콕스는 실제로 태어난 지 얼마 되지 않은 아들을 잃는 슬픔을 겪었다. 그 작고 흰 상여가 시인 자신의 집 앞에도 왔었다. 그 상여에 자기 아이를 실어 보냈었기에, 그래서 이를 잃는 슬픔이 얼마나 크고 지독한 것인지 알기에 운다. 어느 어미의 슬픔을 생각하며, 또 상여에 실려간 자기 아이를 생각하며 비통한 가슴으로 운다. 아이의 죽음은 그렇게 모든 어미 가슴의 울음통을 울린다.

아이들이 어른들의 잘못으로 죽는 것 또한 언제나 마음을 아프게 한다. 어른도 사회적 타살의 희생양이 되기도 하지만, 아이들이 그렇게 될 때 슬픔은 더 크다. 랜들Dudley Randall, 1914-2000. 미국 현대 시인의 시 「버밍햄의 발라드Ballad of Birmingham」가 그런 슬픔을 들려준다.

"엄마, 밖에 나가 노는 대신

시내에 가도 되나요

오늘 버밍햄 시내

자유 행진에서 걸어도 되나요?"

"안 된다, 얘야, 안 돼. 가면 안 돼.

개들은 사납고 거칠고

몽둥이와 소방호스, 총과 감옥은

어린아이에게 좋은 것이 아니란다."

"하지만, 엄마, 저는 혼자가 아니어요.

다른 아이들이 저와 같이

버밍햄의 거리를 행진해요.

이 나라를 자유롭게 하려고요."

"안 된다, 얘야, 안 돼. 가면 안 돼.

총이 발사될까 두렵구나.

대신에 교회에 가서

어린이 성가대에서 노래 부르렴."

어머니는 밤처럼 까만 딸의 머리를 빗질하고

향내 나는 장미 잎으로 목욕시키고

딸의 작은 갈색 손에 흰 장갑을 끼워주었네.

발에는 흰 신발을.

어머니는 자기 딸이 성스러운 곳에 있다는 걸 알고
미소 지었다네.
하지만 그 미소가
그녀 얼굴의 마지막 미소였다네.

폭발 소리를 들었을 때
그녀의 눈은 눈물에 젖고 휘둥그레졌다네.
그녀는 딸의 이름을 부르며
버밍햄의 거리를 달려갔다네.

그녀는 유리와 벽돌 조각 사이로 기며
신발 한 짝을 들어올렸다네.
"오 내 아이가 신었던 신발이 여기 있구나.
그런데 아가야, 너는 어디 있느냐?"

이 시는 실제 사건을 배경으로 한다. 1963년 9월 15일 일요일,
미국 앨라배마주 버밍햄의 한 교회에서 폭발물이 터져 네 아이
가 죽고, 열네 아이가 다친 사건이 있었다. 1960년대는 미국의 현
대 역사에서 가장 역동적이었던 때로 다양한 사회적 요구가 분출

된 시기였다. 오랜 기간 이어진 베트남전에서 뚜렷한 전쟁의 명분을 찾지 못하고 젊은이들의 목숨이 희생되는 상황이 계속되자 반전운동이 확산됐다. 또한 우드스톡Woodstock의 록 음악 페스티벌이 상징적으로 드러내듯, 새로운 문화가 젊은이들 사이로 들불처럼 번졌다. 그러한 사회 분위기 속에서 오랫동안 억압과 차별을 받던 흑인들이 자신들의 권리를 주장하고 나왔던 시기이기도 하다.

마틴 루서 킹과 말콤 엑스Malcom X를 포함하여 많은 이들이 미국 남부에서 흑인인권운동을 이끌었다. 이 운동은 버밍햄 인근 도시 몽고메리에서 로자 파크스Rosa Parks라는 흑인 여성이 버스에서 백인에게 자리 양보를 거부한 사건에서 촉발되었다. 파크스는 자리 양보를 거부한 최초의 흑인은 아니었지만, 그 일을 처음으로 법정으로 가져가 흑인의 인권을 존중하는 판결을 끌어낸 인물이다. 로자 파크스 사건을 계기로 남부 여러 지역에서 흑인인권운동이 활발히 일어났는데, 버밍햄도 그러한 도시 중 하나였다. 버밍햄에서는 연일 시가행진이 있었고, 그러던 중에 폭발 사건이 일어난 것이다.

마틴 루서 킹 목사가 워싱턴의 링컨기념관 계단에서 읽었던 〈내게는 꿈이 있습니다〉라는 연설문에는 자기 딸이 차별 없이 마음껏 놀이공원에 갈 수 있는 세상이 왔으면 좋겠다는 구절이 있다. 지금 그 연설문을 글로 접해도 흑인 부모가 자신이 겪은 차별의 설움이 자식에게 대물림되지 않기를 바라는 간절한 마음이 느껴진다. 그런데 차별받는 세상에서라도 자식이 살아 있기를 바라는 것이 부모의 마음일 테니, 랜들의 시에 나오는 딸을 잃은 어머니의 슬픔은 다 헤아리기 어렵다. 신문이나 텔레비전으로 이 비극적 사건에 대해 듣는 것보다 이 시를 읽는 것이 훨씬 더 가슴 아프다. 읽는 이가 바로 그 어머니의 심정이 되기 때문이다. 버밍햄에서는 어린아이마저 시가행진에 참여하고 싶어할 만큼 부당한 차별에 항의하는 열기가 뜨거웠고, 경찰은 경찰봉과 경찰견, 소방호스, 총과 감옥으로 위협하며 시위대를 막았다. 아이의 안전을 걱정하는 어머니는 아이를 교회로 보냈다. 그곳은 신이 보살피는 곳이니 가장 안전한 곳이라 믿고 어머니는 미소를 지었지만, 그것이 이미니 얼굴에 피어난 마지막 미소였다. 어머니에게 남은 것은 아이가 신었던 흰 신발 한 짝, 어머니의 비통한 마음을 달래주기에는 터무니없이 작은 유품이다.

그러한 비극은 버밍햄에서 지구 반대편에 있는 곳에서도 일어난다. 버치Michael Burch, 1958-. 미국 시인, 작가의 짧은 시가 그 비극을 들려주는데, 「어느 팔레스타인 아이를 위한 묘비명Epitaph for a Palestinian Child」이라는 시이다.

최선을 다해 살았고, 그러다 죽었다.
발 디디는 곳을 조심하라. 무덤은 넓으니.

팔레스타인 땅은 현대사에서 가장 비극적인 장소이다. 과거 팔레스타인 땅에 거주하던 유대민족은 서기 70년 로마군과의 전쟁에서 패한 후 세계 곳곳으로 흩어져 살았다. 오랜 세월 이산離散, diaspora의 삶을 살던 유대인들 사이에 19세기 후반 자신들의 고향인 팔레스타인 땅으로 돌아오려는 시온주의운동이 일어나고, 소수의 유대인이 그 땅으로 돌아와 정착한다. 2차세계대전은 이 시온주의운동에 기름을 붓는다. 2차세계대전 중 유럽 전역에서 수많은 유대인이 살던 곳에서 쫓겨나거나 아우슈비츠와 같은 수용소에 갇혀 학살되는 홀로코스트의 비극을 겪는다. 그후 유대인들 사이에 박해를 피해 팔레스타인 땅에 제 나라를 세우려는 열망은 더 커져서 마침내 1948년 이스라엘 건국을 선포한다.

그런데 이 시온주의가 배타적 민족주의라는 점에서, 이스라엘 건국은 새로운 비극의 시작이 된다. 1948년 3월에서 9월 사이에 팔레스타인 땅에 오랜 세월 뿌리내리고 살던 아랍인 80여만 명이 쫓겨났고, 그들이 살던 마을의 절반이 파괴되었다. 국제연합이 나서서 유대인과 아랍인이 그 땅을 나누어 함께 살아가는 중재안을 제시했지만 받아들여지지 않았다. 그후 팔레스타인 아랍인을 지원하는 아랍국가와 이스라엘 사이의 수차례 전쟁에도 불구하고 그 문제는 아직도 평화적으로 해결되지 않고 있다. 이스라엘은 지금도 계속해서 팔레스타인 땅의 아랍인들을 압박하며 유대인 거주지를 확장하고 있다. 그곳의 비극은 쉽사리 끝날 것 같지 않다.

팔레스타인 땅이 겪고 있는 비극의 근원은 시온주의의 바탕이 되는 종교와 민족이라는 이중의 배타성이다. 시온주의는 다른 종교와 다른 민족을 포용하지 않기에, 팔레스타인 땅에 살던 아랍인들에게 닥친 추방과 학살이라는 비극은 불가피한 것이었다. 오랫동안 이산 상태로 떠돌다 홀로코스트의 비극을 겪은 유대민족이 자신들이 겪은 비극적 체험을 다른 민족에게 안겼다는 것, 유럽 역사의 희생자였던 유대민족이 이번에는 가해자가 되었다는 것은 슬픈 일이다.

팔레스타인 땅의 비극은 아직 잦아들지 않고 있다. 좁은 땅으로 내몰려 보호 방벽에 갇힌 채 사는 팔레스타인 아랍인들에게는 발 딛는 곳이 곧 무덤이 된 지 오래다. 그들이 겪는 참혹함을 말로 다 그려내기 어렵다. 삶의 현장이 참혹할수록 말은 짧아진다. 버치는 두 행의 짧은 시로 팔레스타인 땅의 비극을 손에 잡힐 듯이 담아낸다. 삶의 자리가 온통 무덤인 곳에서 고통을 먼저 느끼고 겪는 이는 아이들과 여자들이다. 아직 삶의 고단함을 모르고 천진난만하게 뛰어놀아야 할 아이들도 그곳에서는 고사리 같은 손으로 돌을 들어 이스라엘 병사들에게 던진다. 자기가 살아가야 할 세상이 어떤 곳인지를 너무 일찍 깨달았기 때문일 것이다.

11장

때 이른 죽음은
언제나 슬프다

피어난 꽃이 벌써 시드는구나. 일찍 지는 것으로 삶을 시작하며.

곤잘레스R. J. Gonzales

어린아이의 죽음이 슬프듯이, 젊은이의 죽음도 슬프다. 몇백 년 전 영국에서 때 이른 죽음을 맞게 된 젊은이가 쓴 시가 있다.

내 청춘은 그저 근심의 서리일 뿐

내 기쁨의 잔치는 고통의 접시일 뿐

내 곡식의 수확은 가라지의 들판일 뿐

내 모든 선함은 이익의 헛된 갈망일 뿐.

날이 저물었지만, 아직 해를 보지 못했네.

지금 살아 있지만, 지금 내 생이 끝이라네.

제2부 떠나는 자와 남겨진 자

내 얘기가 들렸지만, 아직 말하지 못했네.

열매는 떨어졌지만, 잎은 아직 푸르다네.

젊음은 지났지만, 아직 늙지는 않았네.

세상을 보았지만, 세상은 나를 보지 못했네.

내 실이 잘렸지만, 아직 실을 잣지 않았다네.

지금 살아 있지만, 지금 내 생이 끝이라네.

죽음을 찾았고, 자궁에서 그것을 찾았네.

삶을 찾아 헤맸으나 그것이 그림자뿐임을 알았네.

땅 위를 걸었고 거기가 내 무덤임을 알았네.

지금 나는 죽으나, 나는 겨우 만들어졌네.

내 잔이 채워지고, 이제 내 잔이 흐르네.

지금 살아 있지만, 지금 내 생이 끝이라네.

틱본Chidiock Tichborne, 1562-1586의 「처형되기 전날 밤에On the Eve of His Execution」라는 시이다. 셰익스피어와 같은 시대를 살았던 틱본은 가톨릭 집안에서 태어났는데, 그것이 그가 겪게 되는 비극의 근원이었다. 그 시기 유럽의 여러 지역은 신교와 구교 간의 종교 갈등을 겪고 있었는데, 영국도 마찬가지였다. 1558년 왕위에 오른 엘리자베스여왕은 구교인 가톨릭의 종교적 관행들을 허용했지만,

1570년 신교를 믿고 신교도들을 지원한다는 이유로 로마 교황청에 의해 파문당한다. 그후 여왕은 영국에서 가톨릭 신앙을 금지하였고, 틱본 집안은 여러 차례 조사를 받게 되었다. 1586년에 틱본은 여왕을 폐위하고 스코틀랜드의 메리여왕을 영국의 왕으로 옹립하려는 반란에 가담했다가 체포된다. 런던탑에 갇혀 있다 처형되기 전날 밤에 아내에게 세 편의 시를 써서 보냈는데, 그중 위에 소개한 시가 널리 알려졌다. 그때 틱본의 나이 스물넷이었다.

이 시는 「비가Elegy」라는 제목으로도 알려져 있다. 비가는 가까운 이의 죽음을 애도하는 시인데 이 시에서는 애도의 대상이 타인이 아닌 시인 자신이다. 스물넷에 자기 죽음을 애도하는 시를 써야 했던 틱본의 심정을 다 헤아리기 어렵다. 다만 시에서 두드러지는 표현법을 통해 짐작할 수 있을 뿐이다. 이 시에서는 정반대되는 두 가지 것을 서로 대비시키는 수사법인 대조법이 두드러진다. 삶과 죽음의 서로 대립하는 시어들이 나란히 놓여 있는데, 삶에 속한 시어들이 한창 삶의 절정을 향해 나가고 있다면, 그것들이 미처 절정에 이르기도 전에 죽음으로 떨어진다. 운명의 실은 채 잣기도 전에 잘리고, 잔은 채워지자 흘러버린다. 한창 젊은 나이에 죽음을 맞아야 했던 시인이 느낀 삶에 대한 아쉬움이 생생하게 전해져온다.

시인은 세상이 어떠한 곳인지를 알게 되었지만, 그는 아직 세상에 자신이 어떤 사람인지를 충분히 보여주지 못했다. 당대 사람들은 그를 그저 여왕을 죽이려는 역모에 가담한 사람으로서만 기억할 것이다. 그는 그렇게 세상 사람들이 널리 입에 올리는 사람이 되었지만, 정작 자신이 하고 싶은 말은 하지 못했다고 말한다. 그가 세상에 대해 품었던 생각들이 충분히 전해지기에는 그에게 주어진 생의 시간이 너무 짧았다.

타고난 문학적 재능을 충분히 보여줄 만큼 살지 못한 이들 가운데 브론테Brontë 집안의 세 자매가 있다. 샬럿Charlotte Brontë, 1816-1855은 『제인 에어 *Jane Eyre*』로, 에밀리Emily Brontë, 1818-1848는 『폭풍의 언덕*Wuthering Heights*』으로, 그리고 앤Anne Brontë, 1820-1849은 『와일드펠 홀의 소작인*The Tenant of Wildfell Hall*』이라는 소설로 문학적 재능을 인정받았지만, 세 자매 모두 오래 살지 못했다. 샬럿이 서른아홉, 에밀리가 서른, 앤은 스물아홉의 젊은 나이에 세상을 떠났다. 그들의 재능을 생각하면 무척 아쉬운 일이다. 샬럿은 두 여동생을 먼저 잃었는데, 특히 막내인 앤을 잃은 슬픔을 시로 썼다. 이시는 「앤 브론테의 죽음에 부쳐On the Death of Anne Brontë」라는 제목으로 알려져 있다.

내게 삶의 기쁨은 남지 않았네
무덤에 대한 두려움도.
내 목숨이라도 내주었을 사람을 잃는
시간을 살았다네.

잦아드는 숨을 조용히 지켜보고
매 한숨이 마지막이기를 소망하고
죽음의 그림자가
그 사랑스러운 모습에 드리우기를 소망했네.

구름과 고요함
목숨처럼 소중한 이를 데려가야 하리
그러면 가슴으로 신에게 감사하리
온전히 열정적으로 감사하리.

비록 우리가 삶의 희망과 영광을
잃은 것을 알지라도
어두운 폭풍우에 던져지는 지금도
지친 싸움을 홀로 감내해야 한다네.

　브론테가는 문학적 재능과 때 이른 죽음이 풍성한 집안이었
다. 목사이며 시를 썼던 아버지에게서 여섯 자녀가 태어났으나 위
의 두 딸이 어려서 죽었고, 앞서 소개한 세 자매와 브랜웰Branwell
이 살아남아 작품을 남겼다. 네 자녀는 어린 시절부터 서로 사이좋
게 어울리며 이야기를 지어내고, 연극 놀이를 하고, 함께 이야기를

쓰며 보냈다. 이러한 경험이 이들의 타고난 문학적 재능을 더 키웠을 것이다. 세 자매보다 더 촉망받던 이는 집안의 유일한 아들 브랜웰이었다. 브랜웰은 어린 시절부터 글 짓고 그림 그리는 재주가 뛰어났고, 세 자매의 문학적 상상력을 키우는 데도 큰 몫을 했다. 브랜웰은 화가가 되려고 런던으로 갔으나 뜻을 이루지 못했다. 대신 술과 아편팅크 중독자가 되었고, 결국 결핵을 얻어 고향으로 돌아와 서른한 살에 죽었다. 에밀리도 같은 해에 얼마 안 있어 세상을 떠났다.

브론테 집안에는 죽음이 너무 일찍 그리고 자주 찾아왔다. 어머니 마리아(1783-1821)는 막내인 앤이 태어난 이듬해에 죽었다. 에밀리와 앤은 너무 어려서 어머니에 대한 기억이 거의 남아 있지 않았지만, 샬럿에게는 어머니에 대한 기억이 많이 남아 있었다. 샬럿에게는 자기보다 먼저 세상을 떠난 두 언니 마리아(1814-1825)와 엘리자베스(1815-1825)의 죽음에 대한 기억도 생생했다. 샬럿이 동생 브랜웰과 에밀리를 같은 해에 잃고, 이듬해에 하나 남은 형제인 앤마저 잃었을 때 쓴 시가 위에 소개한 시이다.

여섯 자녀 중 홀로 남겨진 샬럿의 슬픔과 외로움이 얼마나 컸을지 다 헤아리기 어렵다. 샬럿은 시에서 사랑하는 이들을 잃은 슬픔의 폭풍우에 던져졌지만, 홀로 힘겨운 싸움을 견디겠다고 말한다. 그 말대로 샬럿은 그후 여섯 해를 더 살며 글을 쓰다 생을 마쳤으니 다행한 일이다. 집안에 찾아온 때 이른 죽음을 누구보다

영국 하워스에 있는 성미가엘과만천사교회의 묘지. 이 교회는 브론테 자매의 아버지가
목회자로 일했던 곳인데, 브론테 집안 사람들은 스카버러에 묻힌 막내 앤을 제외하고
모두 이 교회 내부에 묻혀 있다.

더 가슴 아프게 겪어야 했던 이는 아마 아버지 패트릭(1777-1861)
이었을 것이다. 막내가 태어난 이듬해 아내를 잃고, 그후 여섯 자
녀를 차례로 잃는 슬픔을 겪었다. 샬럿마저 잃고 나서 여섯 해를
더 살았다.

1차세계대전 동안에는 수많은 젊은이가 전선에서 목숨을 잃
었다. 전선에서 희생된 젊은이의 숫자가 컸던 만큼, 후방에서 자
식이나 형제를 잃은 가족이 감당해야 했던 슬픔도 엄청났다. 오
웬Wilfred Owen, 1893-1918은 「불행한 젊은이를 위한 노래Anthem for

제2부 떠나는 자와 남겨진 자

Doomed Youth」에서 전사한 젊은이와 그 가족의 슬픔을 그렸다.

가축처럼 죽어가는 이들을 위해 어떤 조종을 울리겠느냐?
총포의 괴물 같은 분노만이
더듬거리는 소총의 빠른 드르륵 소리만이
그들의 서두르는 기도를 뱉어낸다.
이제 기도와 종소리로 그들을 조롱할 일도 없다.
통곡하는 포탄의 날카롭고 미친 찬송 말고는
어떠한 애도의 목소리도 없다.
슬퍼하는 지역에서 그들을 부르는 나팔 소리 말고는.
그들을 서두르게 할 어떤 촛불이 손에 들릴 수 있으랴?
소년들의 손에서가 아니라 눈에서
작별의 성스러운 반짝임이 빛나리.
소녀들 이마의 창백함이 그들의 관을 덮는 천이리라.
소녀들 손의 꽃은 인내하는 마음의 온유함이고
하루하루 느리게 찾아오는 저녁은 창문의 블라인드를 내리는 것.

이 시를 쓴 오웬은 1차세계대전에 참전해서 전쟁의 참혹함을 직접 체험했던 사람이다. 1차세계대전은 여러 면에서 전례가 없던 전쟁이었다. 이전의 전쟁이 국지전의 양상을 띠었다면, 이름이 드러내듯 이 전쟁은 진정한 의미에서 최초의 세계대전이었다. 대략 9백만 명 이상의 병사들이 전사했다. 그리고 서양 문명이 자부심을 가졌던 과학기술로 만들어진 대량살상용 무기가 투입된 전쟁이기도 했다. 전쟁의 이러한 양상은 서양 문명의 가치에 대한 근본적 회의를 낳기도 했다.

1차세계대전이 진행되는 동안 전쟁의 무의미함과 참혹상을 고발하는 '전쟁 시war poetry'가 많이 쓰였다. 1차세계대전 기간에 영국에서는 평민층의 자녀가 대규모로 전쟁에 참가했는데, 그들은 고국의 가족에게 보내는 편지에 전쟁의 참혹함을 상세히 기록했다. 직접 전장에 나갔던 젊은이들에게나, 전선에서 전해오는 슬프고 불길한 소식을 계속 들어야 했던 후방의 가족에게나, 전쟁은 삶에 너무 깊숙이 들어와 있었다. 그런 시기에 전쟁에 대한 시가 많이 쓰인 것은 자연스럽다. 오웬은 서순Siegfried Sassoon, 1886-1967과 더불어 1차세계대전이 낳은 대표적인 시인이다. 오웬은 전쟁중에 다쳐 후방으로 후송되어 치료를 받았으나, 다시 전선으로 돌아가 전쟁이 끝나기 불과 이 주일 전에 사망했다.

위 시는 14세기 이탈리아 시인 페트라르카Petrarca가 유행시킨 이탈리아식 소네트의 형식을 따르고 있다. 페트라르카의 소네트와 그를 모방한 르네상스시대 영국의 소네트는 오랫동안 연애시를 쓰는 형식으로 사용되었는데, 오웬은 연애의 감정이나 상황과는 대척점에 있는 전쟁과 죽음이라는 무겁고 어두운 주제를 소네트에 담아낸다. 페트라르카풍의 14행 소네트에서 전반부 8행(옥타브)과

후반부 6행(세스텟)은 유기적으로 긴밀하게 연결되는데, 오웬은 이러한 형식을 따라 전반부에서는 전선에서 병사가 죽어가는 상황을 묘사하고, 후반부에서는 후방의 가족이 겪는 슬픔을 그려낸다.

시의 전반부와 후반부가 공간적 배경을 달리하지만, 슬픔의 무게와 강도는 다르지 않다. 시의 전반부에서 통곡하는 소리처럼 울리는 대포 소리와 소총의 사격 소리 속에서 젊은이들이 속절없이 죽어간다. 신에게 다급하게 기도를 드리지만, 그것이 무슨 소용 있겠는가. 그들은 자신들을 위한 기도도 없고 종도 울리지 않는 곳에서 죽음을 맞는다. 후방의 가족이 사는 집도 이제 커다란 관으로 변해버렸고, 거기에서도 죽음의 그림자가 떠나지 않는다. 전쟁이 진행되는 동안 전선에서 가족을 잃은 집은 언제나 창에 블라인드를 내려두었다고 한다. 전쟁이 끝나도, 사랑하는 이를 잃고 남겨진 가족의 마음에 내려진 블라인드는 오랫동안 걷히지 않았을 것이다.

하우스먼은 젊은이의 죽음을 조금 다른 시각에서 바라본다. 「젊어서 죽는 운동선수에게To an Athlete Dying Young」라는 시이다.

> 그대가 그대 도시에 달리기 경주 승리를 안겼을 때
> 우린 그대를 목말 태워 시장통을 지나왔지.
> 어른과 아이가 곁에 서서 환호했고
> 그대를 어깨높이로 들고 집으로 데려왔지.

오늘 그 길로 모든 선수 와서

그대를 어깨높이로 들고 집으로 운구하여

그대를 문턱에 내려놓네

더 고요한 도시의 시민이 된 그대를.

영리한 청년이여, 그대는 때맞추어

영광이 머물지 않는 들판을 떠나고

비록 월계수가 자라지만

장미보다 더 빨리 시드는 곳을 일찍 떠나는구나.

어두운 밤이 감긴 눈은

기록이 깨지는 것을 보지 못하고

대지가 귀를 멈추고 나니

침묵이 환호성보다 못하지 않구나.

이제 그대는 명예가 낡아지는

젊은이의 무리와 한패가 되지 않으리.

명성이 앞서가다가

명예가 눈앞에서 죽는 선수들과도.

그러니 그 메아리가 희미해지기 전에

빠른 발로 어둠의 문턱을 딛고

여전히 지키고 있는 명예의 컵을 들어

낮은 상인방을 떠받치게나.

이르게 월계관을 두른 머리 주위로

활기 없는 죽은 자들이 보려고 모여들어

소녀의 머리카락보다 짧은 꽃다발이

머릿결에 시들지 않은 채로 있는 것을 보리라.

달리기 경주에서 우승한, 그래서 자기가 사는 도시에 승리를 안겨준 재능 있는 젊은 운동선수가 때 이른 죽음을 맞았다. 그가 승리했을 때는 사람들이 그를 목말 태워 떠들썩하게 집으로 데려왔지만, 이제는 관에 누운 그를 어깨에 메고 침묵 속에 다른 집으로 데려간다. 이제 그가 살게 될 집은 죽은 자들만이 사는, 그리고 침묵만이 있는 도시에 있다. 이제 그는 그 도시의 새로운 거주민이 되어 머리에 월계관을 쓰고 누워 있다. 그는 자기가 세운 기록이 깨어지는 것을 보는 불운을 겪지 않고 죽었으니, 무덤에 누운 그의 머리에는 월계관이 결코 시들지 않은 채 얹혀 있을 것이다.

이 시는 운동선수에게 가장 불행한 일은 자기가 세운 기록이 깨어지는 것을 보는 것인데, 그가 그런 불행을 겪지 않아도 되니 얼마나 다행이냐고 말한다. 그러나 이 시를 읽는 이의 마음을 무겁게 짓누르는 것은 그 죽은 젊은이가 자기 운명에 대해 침묵하고 있다는 것, 그가 말을 하고 싶어도 할 수 없는 처지가 되었다는 것이다. 죽은 이의 닫힌 입과 완강한 침묵은 그러한 위로가, 재능 있는 젊은이의 죽음을 안타까워하는 살아 있는 자들에게는 도움이 될지 모르지만, 죽은 이에게는 소용없는 것임을 더 웅변적으로 말해 줄 뿐이다. 때 이른 죽음은 어떤 경우이든 위로가 되지 못한다. 언제나 슬플 뿐이다.

12장

다시 사는 삶

우리가 시작이라고 부르는 것은 흔히 끝이다.
그리고 끝을 맺는 것은 시작하는 것이다.
끝은 우리가 시작하는 곳이다.

엘리엇T. S. Eliot

많은 사람이 죽음을 두려워한다. 죽음이 두려울수록 그 죽음에서 다시 살아나기를 바라는 소망 또한 커진다. 죽어서 차갑고 어두운 곳에 홀로 남겨지지 않으리라는 믿음은 죽음을 앞둔 모든 이에게 큰 위안이 된다. 그것만이 죽음에 대한 두려움을 상쇄시킬 수 있는 유일한 것이기 때문일지 모른다. 우리에게 죽음이 찾아온다는 사실이 변하지 않는 한, 그 믿음은 결코 우리를 떠나지 않을 것이다.

우리는 죽음의 세계에 대해서 아무것도 알지 못한다. 그곳에서 다시 돌아오는 이가 없기에, 우리가 죽음에 대해 알고 있는 모든 것은 살아 있는 우리가 알고 있다고 믿거나 혹은 상상하는 것일 수밖에 없다. 그래도 몸이 죽고 나서도 우리가 어떤 방식으로든 계속 살아 있으리라는 믿음은 참으로 끈질기게 우리를 떠나지 않는다. 그리고 이 믿음은 다양한 방식으로 표현된다. 우리는 뒤에 남겨진 이들의 기억 속에 살아 있을 수도 있고, 육체가 해체되어도 원자 상태로 존재할 수도 있고, 또 여러 종교가 가르치는 것처럼 글자 그대로 다시 살아나 부활할 수도 있다. 이 장에서는 그러한 믿음을 표현한 시들을 살펴보고자 한다.

몸이 죽고 나서 어떤 모습으로 다시 살게 될지에 대해서는 저마다 생각이 다를 것이다. 만일 자연의 다양한 요소들로 부활할 수 있다면 그것은 무척 아름다운 일일 것이다. 앞서 7장에서 살펴본 프라이의 시 「내 무덤에 서서 울지 말아요」가 그려내는 것처럼, 사람이 바람, 햇살, 비나 별로 다시 태어난다면 그보다 더 아름다운 부활도 없을 것 같다. 그런데 이것은 단순히 풍경화적 상상만이 아니라, 우리의 존재 방식에 대한 과학적 설명일 수도 있다. 우리 몸을 구성하던 원자들이 위치를 바꾸는 것이 죽음이라면, 우리가 자연을 구성하는 여러 물질로 돌아가지 못할 것도 없다. 휘트먼도 「나의 노래」 마지막 부분에서 이렇게 말한다.

나는 공기처럼 떠난다, 달려가는 태양에 내 하얀 머리 타래를 흔든다.

내 몸을 소용돌이 속에 방출하여 레이스 장식의 짐 속에서 떠돌
게 한다.

내가 사랑하는 풀에서 자라나기 위해 나 자신을 흙먼지에 맡긴다.
당신이 다시 나를 원한다면 구두창 아래서 나를 찾아라.

당신은 내가 누구인지, 내가 무엇을 의미하는지 제대로 알지 못
하리라.
그래도 나는 당신에게 건강을 주고
그대 피를 거르고 섬유질을 공급할 것이다.

처음에 나를 데려가지 못해도 계속 용기를 가져라.
한 곳에서 나를 놓쳐도 다른 곳에서 찾아라.
나는 어딘가에 멈추어서 당신을 기다리고 있으니.

휘트먼은 자기 육체를 자연의 소용돌이 속에 방출하고, 자신의
몸이 공기처럼 자연으로 흩어지는 것을 상상한다. 그렇게 자연으
로 돌아간 그는 어쩌면 사람들이 다니는 길의 풀로 다시 태어날지
도 모른다. 사람들이 그를 알아보지는 못하겠지만, 그래도 그는 자
연의 구성원으로서 다른 존재에게 유익을 베푸는 것이 자신의 역
할이라고 믿는다. 휘트먼은 각 개인 안의 신성에 눈을 떠 우주를

새로운 눈으로 보면 자연을 구성하는 모든 존재가 불멸의 상태로 서로 연결되어 있음을 알게 된다고 믿는다. 그는 자연에 편재하는 자신을 눈 밝아진 이들이 찾게 되기를 희망하며, 그때까지 그들을 기다리겠다고 말한다.

영국 르네상스시대의 시인들은 죽음 이후의 삶에 대해 또다른 상상력을 보여준다. 이 시기 시인들은 너나없이 연애시를 썼는데, 이들만큼 사랑을 통해 영원에 이르는 삶을 노래한 시인을 후대에서는 찾아보기 어렵다. 그런데 사람의 몸이 영원히 살지 못하는데, 그 몸에 깃든 사랑이 대체 어떻게 영원할 수 있단 말인가? 스펜서Edmund Spenser, 1552-1599. 영국 르네상스시대 시인의 시가 그 물음에 답한다.

어느 날 바닷가 모래 위에 그녀 이름을 썼네.

파도가 몰려와 지웠다네.

다시 손들어 그 이름 썼네.

또 파도가 와서 내 수고를 삼켜버렸네.

그녀가 말했네. "죽을 운명의 것을

불멸의 것으로 만들려 헛되이 애쓰는 헛된 이여,

나 자신도 이렇게 썩을 것이며

내 이름 또한 이렇게 쓸려 가리라."

내가 말했다네. "그렇지 않다오. 하찮은 것들은

죽어 흙으로 가지만, 그대는 명성을 누리며 살리라.

내 시가 그대의 드높은 정절을 영원케 하고

그대의 영광스러운 이름을 하늘에 쓰리라.

죽음이 온 세상을 굴복시켜도

우리 사랑은 하늘에서 살며, 후세에 새롭게 태어나리라."

『아모레띠Amoretti』라는 연작 소네트의 일부이다. 남자는 사랑하는 사람의 이름을 바닷가 모래에 쓴다. 연인의 이름을 쓰는 것은 그녀에 대한 사랑을 영원한 것으로 만들려는 마음의 표현이다. 여자는 파도가 와서 그 이름을 지울 텐데 무슨 소용이 있겠느냐며 남자를 나무란다. 서양 문화권에서 '시간의 모래sands of time'라는 표현은 흔히 인간 삶이 짧다는 것을 표현하는 비유이다. 바닷가 모래에 쓰는 이름은 파도가 와서 지우고 사막의 모래에 쓰는 이름은 바람이 와서 지우듯, 광대한 시간의 모래 위에 남기는 인간 삶의 흔적은 오래가지 못한다. 인간의 삶이 그리 짧은데 어떻게 영원한 삶과 사랑이 가능하겠는가. 그래서 여자는 자신을 영원히 사랑하겠다는 남자의 말이 부질없는 것이라고 말한다. 자신의 몸이 곧 죽어 사라질 터인데 그러한 사랑이 어찌 가능하겠느냐는 질책이다.

그런데 남자는 여전히 여자에게 영원한 삶을 부여하겠다고 말한다. 바닷가 모래 위에 이름을 쓰는 것은 여자의 반응을 이끌어내기 위한 구실일 뿐이고, 남자는 이번에는 하늘에 사랑하는 여인의 이름을 쓰겠다고 말한다. 하늘에서 언제나 빛나는 별로 만들겠다는 말인데, 여기서 별은 진실한 사랑의 마음을 담은 시가 지닌 힘을 뜻한다. 진실한 사랑의 마음을 담은 시는 밤하늘의 별처럼 후대 사람들의 사랑을 받으며 영원히 빛나고, 연인들의 마음에 별이 되어 영원히 살게 될 것이라는 믿음이다.

사랑하는 마음을 시로 표현하여 사랑하는 이에게 영원한 생명을 부여할 생각을 한 사람은 스펜서만이 아니었다. 그런 믿음을 더 시적으로, 더 자주 표현한 이는 셰익스피어이다.

> 대리석도, 군주의 황금빛 기념비도
> 이 강력한 시보다 오래 남지 못하리라.
> 세월의 더러운 때 묻은, 닦아내지 않은 비석보다
> 그대는 이 시 속에 더 밝게 빛나리라.
> 파괴하는 전쟁이 동상들 무너뜨리고,
> 싸움이 건축물의 주춧돌마저 뽑을 때도
> 전쟁의 신의 칼도, 그가 일으키는 전쟁의 빠른 불길도,
> 그대 기억하는 이 살아 있는 기록을 태우지 못하리.
> 죽음과 모든 것 잊게 하는 반목 이기고
> 그대는 계속 나아가리라.
> 그대에 대한 예찬은 심판의 날까지
> 모든 후대인의 눈 속에 남으리라.

그렇게 그대가 다시 사는 심판의 날까지

그대는 내 시 속에 살며 연인들 눈 속에 머물리라. (소네트 55)

시의 생명은 연인의 육체의 수명보다 길다. 비록 사랑하는 이의 몸은 영원히 살지 못할지라도 시 속에 그려지는 연인의 모습은 후대 연인들에게 사랑을 받으며 계속 삶을 이어갈 수 있다. 셰익스피어는 이러한 생각을 여러 편의 소네트에서 말하는데, 특히 널리 읽히는 소네트 18번이 좋은 예이다. 마지막 두 행은 이렇다.

사람이 숨을 쉬고 눈이 볼 수 있는 한

그대는 시 속에서 영원히 살리라.

진실한 사랑의 마음을 담은 시는 계속해서 후대 사람들의 공감을 얻을 것이라는 믿음이다. 이 세상에 사람이 살며 숨을 쉬는 한, 그리고 볼 수 있는 눈이 있는 한 자신의 시가 계속 읽히리라고 단언하는데, 사랑의 힘에 대한 대단한 믿음이다. 그리고 자기 시에 대한 대단한 자부심이기도 하다. 셰익스피어가 죽은 지 벌써 사백 년이 지났지만, 그가 쓴 사랑의 시는 아직도 널리 사랑받고 있으니 그의 믿음은 헛되지 않았다. 앞으로도 그의 시에 대한 사랑이 쉽게 식지 않을 것이다.

죽음 이후의 또다른 삶에 대해 더 구체적인 생각을 내놓은 것은 종교다. 육체의 죽음 이후에도 삶이 계속 이어진다는 생각은 불교, 힌두교, 기독교, 이슬람교 같은 주요 종교에 공통적으로 존재한다. 불교와 힌두교에서 말하는 윤회의 개념에 따르면 우리는 여러 번 거듭 태어난다. 불교의 윤회사상에 따르면 그렇게 거듭 태어나는 것은 결코 좋은 일이 아니다. 불교는 육도윤회, 즉 우리가 쌓은 업業에 따라 여섯 개의 서로 다른 세상에서 태어나고 죽는 일을 반복한다고 말한다. 육도란 지옥地獄, 아귀餓鬼, 축생畜生, 아수라阿修羅, 인도人道, 천도天道를 말하는데, 현재의 삶을 어떻게 사느냐에 따라 다음 생에서는 다른 세상에 태어난다고 믿는다. 따라서 불교에서 수행과 깨달음을 통해 이루고자 하는 것은 쳇바퀴처럼 돌고 도는 윤회의 고리에서 벗어나는 것이다. 기독교와 이슬람교는 우리가 애초에 인간으로 창조되었으며, 우리의 육체가 죽고 나면 심판을 거쳐 천국과 지옥에서의 삶이 이어진다고 믿는다.

서양은 지난 이천 년간 기독교적 세계관을 체계화했고, 부활에 대한 믿음은 문학을 통해서도 계속해서 표현되었다. 죽음을 주제로 삼은 시로서 널리 읽히는 던John Donne, 1572-1631. 영국 시인의 「죽음이여 뽐내지 말라Death Be Not Proud」라는 소네트가 있다.

죽음이여 뽐내지 말라. 어떤 이들은 너를
강대하고 무섭다 여기지만, 너는 그렇지 않기 때문이다.
네가 무너뜨렸다고 생각하는 이들은

제2부 떠나는 자와 남겨진 자

죽지 않는다. 불쌍한 죽음이여, 너는 나도 죽이지 못한다.

네 그림자에 불과한 휴식이나 잠으로부터도

많은 기쁨이 흐른다. 그러니 네게서 더 많은 기쁨이 흘러나와야

    한다.

우리 중 가장 뛰어난 이들이 기꺼이 너와 함께 간다

유골의 안식과 영혼의 해방을 찾아서.

너는 운명, 우연, 국왕들, 그리고 무모한 사람들의 노예이다.

또 독약, 전쟁, 질병과 함께 산다.

그리고 양귀비나 마법이 네 손길만큼,

어쩌면 우리를 더 잘 잠재울 수 있다. 그런데도 잔뜩 뽐내느냐.

짧막한 잠을 자고 나면, 우리는 영원히 깨어난다.

그리고 더는 죽음이 있지 않을 것이다. 죽음이여, 네가 죽으리라.

    기독교적 세계관에 따르면 이 세상은 우리가 머물게 될 종착지가 아니라 잠시 거쳐가는 곳이다. 몸이 죽고 나면 최후의 심판 후에 영혼이 영원한 생명을 얻는 이들은 '하나님의 나라'로 불리는 곳에서 살게 된다. 그곳에는 이 세상의 육체가 겪는 생로병사의 고통이 없으며, 영원한 삶이 있다. 죽음이 없는 곳이니, 곧 죽음이 죽음을 맞이하는 곳이다.

    6세기 말에 영국에 기독교가 전해진 이후 기독교 세계관은 영문학의 중요한 주제가 되었고, 수많은 시인이 죽어서도 다시 사는

것에 관한 믿음을 시로 표현했다. 죽음이 죽음을 맞고, 죽은 몸이 다시 살아나고 또 영원히 산다는 믿음은 죽음을 두려워하지 않게 한다. 호손Nathaniel Hawthorne, 1804-1864의 「무덤으로 가라Go to the Grave」라는 시가 그러한 믿음을 보여준다.

> 친구들이 누워 있는 무덤으로 가라.
> 그리고 얼마나 빨리 필멸의 존재들이 시드는지 깨달아라
> 가장 아름다운 꽃도 반드시 시들어야 하고
> 가장 강한 형상도 반드시 고개 숙여야 하고
> 우리는 먼지요 흙에 불과한 것을
> 하루의 짧은 삶을 사는 존재라는 것을.
> 하지만 한숨짓지 말게나, 거기에 어떤 나라가 있으니
> 여기 이 지상에서 자신들을 만드신 이를 섬기는 자들은
> 그곳에서 영원한 시간 속에 머물며
> 그의 가르침에서 벗어나는 일 결코 없으리라.
> 그들에게 무덤은 축복받은 집으로 가는 길과
> 다르지 않으니.

호손은 우리에게도 널리 알려진 소설 『주홍 글씨The Scarlet Letter』를 쓴 작가이다. 오늘과 달리 시를 쓰는 일과 소설을 쓰는 일이 덜 분화되었던 시대를 살았기에 적지 않은 시 작품도 남겼다. 그는 인

간의 삶이 짧다는 것은 언제나 한탄할 일이지만, 두려워할 일은 아니라고 말한다. 부활과 영생의 믿음이 있는 이들에게 죽음은 "축복받은 집으로 가는 길"이기에 그렇다.

죽음이 그런 것이라면 두려워할 것이 무엇이 있겠는가? 그것은 어쩌면 조바심 내며 기다려야 할 일인지도 모른다. 빅토리아시대의 시인 테니슨Alfred Tennyson, 1809-1892은 그러한 마음을 이렇게 시에 담아낸다.

석양과 저녁 별,
나를 부르는 선명한 소리!
내가 바다로 나아갈 때
모래톱이 슬퍼하는 일은 없으리라.

다만 너무 가득 차올라 소리도 거품도 없이
잠든 듯 움직임 없는 물결만이,
끝없는 깊은 바다에서 온 것이
다시 집으로 향해 갈 때는.

저녁 어스름과 저녁 종
그 후엔 어둠뿐!
내가 배에 오를 때

이별의 슬픔 없으리.

시간과 공간의 속박에서
파도가 멀리 나를 실어갈 것이기에.
내가 모래톱 넘을 때
내 안내자를 대면하기를 바라노라.

「모래톱 건너며Crossing the Bar」라는 시이다. 시의 시간적 배경은
해 지는 저녁이고, 공간적 배경은 모래톱이 펼쳐진 바닷가이다. 하
루해가 저무는 것은 우리 삶이 끝나가는 것에 대한 비유이고, 모
래톱은 이 세상과 저 세상의 경계를 뜻한다. 우리가 어머니의 양수
에서 태어났으니 바다를 건너 이 세상으로 왔다는 상상은 지극히
자연스럽다. 죽음은 파도를 타고 모래톱을 건너 다시 우리가 떠나
온 곳으로 돌아가는 일이다. 얕은 모랫더미인 모래톱을 파도가 쉽
게 넘어갈 수 있듯이, 이승과 저승의 경계는 높지 않다. 게다가 바
닷물의 유연성은 이 세상에서 시간과 공간의 제약에 갇혀 단단하
게 굳어진 삶으로부터의 해방을 의미한다. 모래톱 너머에 시간과
공간의 속박이 없는 영원한 삶이 우리를 기다리고 있으니, 그 세계
를 향해 가는 것이 어찌 슬프겠는가.

이 삶에 죽음이 찾아오기 전에

13장

삶을 위한 조언

여인에게서 태어난 사람은 생애가 짧고 걱정이 가득하며
그는 꽃과 같이 자라나서 시들며 그림자같이 지나가며 머물지 아니하거늘
「욥기」(14:1-2)

카르페 디엠. 오늘을 즐기라.
호라티우스Horatius

만일 죽음이 지배하는 곳이 어둡고 차가운 곳이라면, 그곳으로 가기 전에 이 밝고 따듯한 곳에서 우리에게 허락된 삶의 시간을 온전히 향유해야 하지 않겠는가? 그러한 맥락에서 죽음은 살아 있는 자들에게 어떻게 살아야 하는지를 가르쳐주는 좋은 스승이기도 하다.

로빈 윌리엄스Robin Williams가 주연한 〈죽은 시인의 사회Dead Poets Society〉라는 좋은 영화가 있다. 부유한 집안의 남자아이들이 다니는 미국의 사립 기숙고등학교가 배경인데, 전통과 규율을 강조하는 이 학교에서 학생들은 부모가 원하고 학교가 제시하는 모

범답안에 맞춰 생활한다. 그렇게 학교를 졸업한 학생들은 좋은 대학에 진학하여 부와 명성을 좇는 삶을 산다. 그런데 이 학교에 영어 교사가 새로 오면서 변화가 생긴다. 새로 온 키팅 선생은 학생들에게 자신이 진정으로 원하는 삶을 살라고 충고하는데, 그때 그가 하는 말이 '카르페 디엠carpe diem'이다. 연극을 좋아하는 한 학생이 의사가 되기를 원하는 아버지와 갈등을 겪다 자살한다. 학생들의 동요를 막고 예전의 전통과 규율을 회복하려는 학교는 희생양을 찾고, 그래서 키팅 선생은 학교를 떠나게 된다. 키팅 선생이 자기 물건을 챙기려고 마지막으로 교실을 찾았을 때, 교실 문을 나서는 선생을 위해 학생들이 책상에 올라서서 휘트먼의 시구를 외치는 마지막 장면이 인상적인 영화다.

'오늘을 살라' 혹은 '오늘을 즐기라'는 의미의 라틴어구 카르페 디엠은 오랜 역사를 지닌 말이다. 이 말은 로마 제정시대의 뛰어난 시인이었던 호라티우스Horatius, 65-8 BC의 같은 제목의 시 구절에서 온 것이다.

묻지 마라, 아는 것이 불경이라. 나나 그대에게,
레우코노에여, 생의 마지막이 언제일지 바빌론의
점성술에 묻지 마라. 뭐든 견디는 게 얼마나 좋으냐.
유피테르가 겨울을 몇 번 더 내주든, 바위에 부서지는
튀레움의 바다를 막아선 이번 겨울이 끝이든, 그러려니.

현명한 생각을. 술을 내려라. 짧은 우리네 인생에

긴 욕심일랑 잘라내라. 말하는 새에도 우리를 시새운

세월은 흘러갔다. 내일은 믿지 마라. 오늘을 즐겨라.•

카르페 디엠이 제시하는 가치관은 호라티우스 이전에도 이미 서구 여러 지역에 퍼져 있었다. 고대 이집트의 「하퍼의 노래Song of the Harper」나 메소포타미아 문명의 뛰어난 문학작품인 『길가메시 서사시Gilgamesh Epoth』에서도 그러한 주장을 찾아볼 수 있다. 물론 동양 문화권에도 같은 생각이 퍼져 있었다. 또 이 가치관은 고대에만 있었던 것이 아니고 오늘날에도 자주 듣는 것이기도 하다. 많은 사람이 즐겨 부르는 우리 노래 중에 〈노랫가락 차차차〉가 있다.

노세노세 젊어서 놀아 늙어지면은 못 노나니

화무십일홍花無十日紅이요 달도 차면 기우나니라

얼씨구절씨구 차차차 지화자 좋구나 차차차(차차차)

화란춘성 만화방창花爛春盛 萬化方暢 아니 노지는 못하리라 차차차

　(차차차)

가세가세 산천경개山川景槪로 늙기나 전에 구경 가세

•　　호라티우스, 『카르페 디엠』, 김남우 옮김, 민음사, 2016.

인생은 일장춘몽 一場春夢 둥글둥글 살아나가자

얼씨구절씨구 차차차 지화자 좋구나 차차차 (차차차)

춘풍화류 호시절 春風花柳 好時節에 아니 노지는 못하리라 차차차 (차

차차)

노세노세 젊어서 놀아 아까운 청춘 늙어가니

춤추던 호랑나비도 낙화 落花지면 아니 온다네

얼씨구절씨구 차차차 지화자 좋구나 차차차 (차차차)

때는 좋다 벗님네야 아니 노지는 못하리라 차차차 (차차차)

이 노래(김성근 작곡, 김영일 작사)의 노랫말 역시 카르페 디엠의
한국 버전이다. 노랫말 중간에 나오는 '화란춘성'과 '만화방창'은
〈창부타령〉에도 나오는 구절로, '꽃이 만발한 한창때의 봄'과 '따
뜻한 봄날 온갖 생물이 자라나 흐드러진다'는 의미이다. '춘풍화
류 호시절'은 김만중의 소설 『구운몽』에도 나오는 '춘풍화류 번화
시春風花柳 繁華時'라는 구절을 변형한 것으로, '봄바람 불어 꽃 피고
버들잎 푸르러지는 아름답고 화사한 때'라는 말이다. 다 같이 좋
은 봄날을 뜻한다. 그런데 자료를 찾아보니 이 노래가 발표된 해가
6.25전쟁이 끝난 이듬해인 1954년이다. 참혹한 전쟁이 막 끝난 뒤
온 땅이 잿더미가 되고 삶의 터전이 다 무너져내린 상황에서 봄날
을 노래할 수 있는 마음이 놀랍다. 그리고 전후의 힘겨웠던 시절

에 이 노래가 널리 퍼지며 자주 불렸다는 것도 놀랍다. 삶이 고될수록 인생의 봄날이 빠르게 지나가고 있음을 더 민감하게 의식하는지도 모르겠다.

그런데 카르페 디엠의 세속적 의미로 널리 알려진 '먹고 마시고 즐기자eat, drink, and be merry'라는 구호는 단순히 육체적 향락을 추구하자는 말은 아니다. 카르페 디엠은 적어도 세 가지의 철학적 믿음에 바탕을 두고 있다. 첫째는 삶이 짧고, 특히 좋은 시절은 더 짧다는 생각이다. 게다가 삶은 짧을 뿐만 아니라 균일하지 않다. 어린 시절과 성장기는 삶이 무엇인지 충분히 깨닫고 그 의미를 실현하기에는 몸과 정신이 아직 충분히 성숙하지 못하다. 노년은 삶의 의미를 충분히 탐색할 만큼 성숙할지라도 육체의 쇠락이 걸림돌이 된다. 그렇다면 삶의 의미를 깨닫고 또 그 의미를 마음껏 추구하기에 가장 좋은 시기는 젊은 시절일 것이다.

카르페 디엠의 두번째 철학적 기원은 미래에 어떤 일이 일어날지 모른다는 것이다. 그리스 신화에서 사람의 운명을 좌우하는 이는 운명의 여신 포르투나이다. 포르투나는 두 눈을 천으로 둘러 가리고 우리가 서 있는 운명의 수레바퀴를 무작위로 돌린다. 수레바퀴의 꼭대기에 있을 때는 삶이 순탄하고 원하는 것을 두루 가질 수 있지만, 여신의 변덕스러운 손이 수레바퀴를 돌려 바퀴의 아래쪽에 있게 되면, 삶이 순식간에 나락으로 곤두박질친다. 그러니 사람의 앞날은 한 치 앞도 예측하기 어렵다.

세번째 철학적 기원은 누구도 육체의 죽음을 피할 수 없으며, 육체의 죽음이 인간 존재의 종말을 뜻한다는 것이다. 이러한 생각은 서구에 기독교적 세계관이 자리잡기 전의 고대 그리스 세계관을 반영한 것이다. 기독교적 세계관에 따르면 인간은 육체의 죽음 이후에도 최후의 심판을 거쳐 다른 곳에서 다시 삶을 이어가기 때문이다. 이처럼 겉보기에 먹고 마시고 즐기자며 향락적 삶을 권하는 것처럼 보이는 카르페 디엠에는 인간의 실존적 상황에 대한 진지한 성찰이 담겨 있다. 우리가 벗어날 수 없는 실존적 상황에서 도움이 될 만한 지혜는 무엇이겠는가? 삶이 우리에게 부여하는 의미를 계속 추구하면서 매 순간 최대한 삶을 향유하는 것이지 않겠는가.

여러 시인이 카르페 디엠을 주제로 시를 썼다. 그런데 이들은 직접 카르페 디엠을 말하기보다는 자연의 상관물을 등장시켜 자기 생각을 표현하였다. 하루의 변화, 사계절의 변화, 꽃이 피고 지는 것 등이 이 주제를 표현하는 데 자주 쓰인다. 우선 프로스트의 시 「금 같은 것은 머물지 않는다네Nothing Gold Can Stay」를 읽어보자.

자연의 첫 초록은 금 같은 것
그것은 가장 지키기 어려운 색.
자연의 처음 잎은 꽃이라네
하지만 잠시뿐.
그러다 잎은 그저 잎으로 잦아든다네.

그렇게 에덴동산도 슬픔으로 가라앉았고

새벽은 낮이 된다네.

금 같은 것은 머물지 않는다네.

삶에서 좋은 것은 오래 머물지 않는다. 아니 오래 머물지 않기에 귀하게 여겨지는지도 모른다. 벚꽃이 사계절 핀다면 그렇게 귀하게 보이지 않을 것이다. 이유가 무엇이든, 귀하고 좋은 것은 우리 곁에 오래 머물지 않는다. 심지어 에덴의 낙원도 그렇게 사라졌다. 그러니 그것이 아직 우리 곁에 머물 때 삶을 풍성하게 하는 것이 지혜이다.

카르페 디엠을 표현하는 자연의 여러 상관물 가운데 장미는 특별한 상징성을 지닌다. 장미는 가장 아름다운 꽃으로서 인생의 참된 의미를 상징하기도 하고, 장미가 빨리 시드는 것을 통해 그 의미를 실현하는 일이 쉽지 않다는 것을 뜻하기도 한다. 영시에서 장미를 등장시켜 카르페 디엠을 말한 첫 시인으로 꼽을 만한 이는 스펜서이다.

그사이 누군가 이 사랑스러운 노래를 불렀다네.

아름다운 것 보기를 즐기는 이는

봄에는 그대의 나날을 닮은 꽃을 보라.

처녀 장미를 보라. 얼마나 감미롭게 그 꽃이

수줍은 자태로 먼저 살며시 내다보는지,

아름다운 것일수록 더 보기 힘드니,

보라 조만간 얼마나 대담하고 자유롭게

그 꽃이 벌거벗은 꽃송이를 드러내는지

조만간 어떻게 그 꽃이 희미해지고 떨어지는지.

그렇게 유한한 삶의 나날이 지나가는 중에

많은 처녀와 연인의

침대와 정자를 장식하려고 먼저 찾는

잎과 싹과 꽃이 처음 시들기 시작하면

더는 흥성하는 법이 없어라.

그러니 활짝 피어 있을 때 장미를 모아라

곧 나이듦이 찾아와 꽃의 자랑을 지게 할 테니.

시간이 있을 때 사랑의 장미를 모아라

사랑하는 동안에 같은 죄로 사랑받을 수 있으리.

스펜서는 엘리자베스 1세(재위 1558-1603) 때의 시인인데, 위에 소개한 시는 그가 쓴 『선녀여왕*Faerie Queene*』의 한 구절이다. 장미는 가장 아름다운 꽃이지만, 그 아름다움이 오래가지 않는다. 그러니 장미꽃이 활짝 피어 있는 동안에 장미꽃을 모으라고 충고하는데, 그 말은 삶을 즐기라는 의미이다. 카르페 디엠 시에서 인생을 즐기기 가장 좋은 나이에 있는 젊은 남녀가 등장하는 것은 자연스럽다. 스펜서 이래로 영시에서 장미의 상징성이 확고하게 정착된다. 장미는 이를테면 카르페 디엠의 가치관이 꽃으로 육화肉化한 것이다.

스펜서보다 늦게 시를 쓴 헤릭Robert Herrick, 1591-1674도 「처녀들에게, 시간을 활용하라To the Virgins, to Make Much of Time」라는 시에서 시간의 모래 위에 핀 장미 이야기를 한다.

할 수 있을 때, 장미 꽃봉오리를 모아라.
오래된 시간은 여전히 날아가며,
오늘 미소 짓는 이 꽃도
내일이면 죽으리라.

하늘의 찬란한 등불인 태양은
높이 솟으면 솟을수록
그만큼 더 빨리 그가 달리는 길 끝나고,
일몰에 더 가까워지리라.

젊음과 피가 더 따스했던
첫 시절이 가장 좋고,
그것이 사라지면 더 나쁜, 가장 나쁜

시간이 뒤따르리라.

그러니 수줍어 말고 시간을 활용하라.
그리고 할 수 있을 때 가서 결혼하라.
청춘을 한번 잃고 나면
영원히 기다려야 하리라.

헤릭은 스펜서보다 더 구체적인 시어로 카르페 디엠을 표현한다. 시간은 끊임없이 날아다니고, 오늘 미소 짓는 꽃이 내일이면 죽는다고 말한다. 시간은 단순히 빠르기만 한 것이 아니다. 시간의 무서움은 우리가 소중히 여기는 모든 것을 휩쓸어가는 데 있다. 시간이 흐를수록 우리가 가진 소중한 것은 자꾸 줄어들어, 좋은 시간이 지나면 나쁜 시간이 연속해서 찾아와 마침내 가장 나쁜 시간인 죽음의 순간에 이르게 된다. 앞서 서양에서는 죽음이 낫을 든 추수꾼이나 거대한 아가리로 표현된다는 이야기를 했다. 죽음의 잘 벼려진 낫과 날카로운 이빨을 피할 수 있는 것은 없다. 그저 그 낫과 이빨이 우리를 베고 삼키기 전에 삶을 향유하는 수밖에 없다. 이 시는 「소녀들을 위한 충고Counsel to Girls」라는 제목으로도 알려졌는데, 시인은 처녀들에게 더 늦기 전에 결혼할 것을 권한다. 물론 삶을 향유하는 방식이 이 시에서 말하는 것처럼 꼭 결혼이라는 형식일 필요는 없다. 짐작하겠지만 이 시에서 결혼은 삶의 의미를 실현하는 것에 대한 비유일 뿐이다.

혜릭과 같은 시대를 살았던 마벌Andrew Marvell, 1621-1678은 매우 흥미로운 카르페 디엠 버전의 시를 남겼다. 「수줍은 처녀에게To His Coy Mistress」라는 시다.

우리에게 세상과 시간이 충분하다면

연인이여, 이 수줍음은 죄가 아니라오.

우리는 앉아서 어느 길로 산보 나가

사랑의 긴 하루를 보낼지 생각해볼 수 있다오.

그대는 인도의 갠지스 강가에서

루비를 찾고, 나는 험버강* 물가에서

사랑의 하소연을 해도 좋소.

나는 노아의 홍수 십 년 전부터 그대를 사랑하고

그대가 원한다면, 유대인들이 개종할 때까지**

나를 거부해도 좋소.

나의 식물처럼 자라는 사랑은

제국보다 더 거대하게, 더 느리게 커갈 것이오.

그대의 눈을 칭찬하고, 그대의 이마를 바라보는 데

---

* 마벌의 고향 헐Hull을 지나 흐르는 강이다.
** 서양에서 흔히 유대인들은 최후의 심판, 즉 이 세상이 종말을 맞기 직전에야 비로소 개종한다고 믿었던 것에서 유래한 표현이다.

백 년을 보내고

두 젖가슴을 숭배하는 데 이백 년,

그리고 나머지에는 삼만 년을 보낼 것이오.

부분마다 적어도 한 시대를,

그리고 마지막 시대에는 그대의 마음을 보여주겠소.

연인이여, 그대는 이렇게 존중받을 만하고

나도 그보다 낮추어 사랑하지 않을 것이오.

그러나 등뒤로 언제나 듣는다오

시간의 날개 달린 전차가 서두르며 다가오는 것을.

그리고 저기 우리 앞에

광대한 영원의 사막이 펼쳐져 있소.

그대의 아름다움은 사라질 것이고

또 그대의 대리석 묘소에서

내 메아리치는 사랑 노래 울리지 않을 것이라오.

그러면 구더기들이 그대가 오래 지켜온 처녀성을 차지할 것이오.

그대의 드높은 정절도 먼지로 돌아가고

내 욕망도 재가 될 것이오.

무덤은 훌륭하고 호젓한 곳이지만

내 생각에 그곳에서는 누구도 포옹하지 않는다오.

그러니 이제 젊음의 색조가

아침 이슬처럼 그대 살결에 내려앉고

그대의 호응하는 영혼이 즉각적인 불길로

모든 숨구멍에서 나오는 동안,

우리가 할 수 있을 때 즐깁시다.

이제 연애하는 맹금류 새처럼,

천천히 턱을 움직이는 시간의 힘 아래 시들기보다

당장 시간을 삼켜버립시다.

우리의 모든 힘과 감미로움을

하나의 공으로 뭉치고 굴려서

거칠게 싸워 삶의 철문을 뚫고

즐거움을 찢어냅시다.

우리가 비록 태양을 멈추게 하지는 못해도

그와 달리기 시합을 할 수는 있다오.

마벌은 이 시에서 헤릭의 충고를 반복해서 말하지만 미묘한 변화를 준다. 그 변화는 큰 틀에서 영국 연애시의 변화를 의미한다. 문학이 오랫동안 남성의 영역이었던 탓에, 연애시에서 사랑의 감정을 얘기하는 이는 언제나 남성이었다. 여성이 연애시에 본격적으로 등장하는 것은 중세시대에 유행한 기사문학에서부터인데, 기사는 자신의 명예뿐만 아니라 자신이 흠모하는 여성의 명예를 위해 싸운다. 기사는 말 위에 앉으면 결투하고 말에서 내리면 사랑을 한다. 그런데 기사문학에 등장하는 여성은 자기의 욕망이 있는 주체적 존재라기보다는 남성에 의해 이상화된 존재이다.

이러한 여성상은 소네트라는 연애시에서도 이어진다. 엘리자베스 1세 시대 크게 유행한 소네트는 페트라르카풍 연애 이야기를 담은 것이다. 페트라르카풍 연애란 14세기에 소네트라는 시 형식을 크게 유행시킨 이탈리아 시인 페트라르카Petrarca가 그려내는 연애 이야기이다. 페트라르카는 라우라Laura를 사랑하는 연애 이야기를 써서, 이룰 수 없는 사랑에 괴로워하는 남자의 심리를 잘 그려내었다. 흥미롭게도 그의 시에서 사랑을 얘기하는 주체는 남자이지만, 사랑의 주도권을 쥔 쪽은 여자이다. 여자는 여전히 자기 욕망이 있는 주체적 존재가 아니기에 남자의 구애에 적극적으로 응하지 않기 때문이다. 사랑에 빠진 남자는 여자의 호응에 기뻐하고 냉담함에 괴로워한다. 남자는 그 사랑을 이루지도 포기하지도 못한다. 시간이 계속 흘러도 두 남녀의 관계는 별다른 변화가 없기에 시간이 정지된 것이나 마찬가지다.

흥미롭게도 마벌의 연애시는 시간에 관한 얘기로 시작한다. 이 시는 내용상 세 부분으로 나뉘는데, 각 부분은 '만일if', '하지만but', '그러므로therefore'라는 접속사로 시작한다. 이 세 접속사는 삼단논법을 구성하는 기본요소가 된다. '만일' 부분에서는 현실과는 반대되는 이상적 상황을 가정하고, '하지만' 부분은 냉혹한 현실을 말하며, 마지막 '그러므로' 부분에서 이러한 현실을 고려하여 자기 연인에게 합리적 제안을 한다.

첫 부분에서 남자는 시간이 무한히 주어진다면 여자가 자신을 거부해도 좋으며, 자신도 서두르지 않는 사랑을 하겠다고 말한다. 두번째 부분에서는 슬며시 날개 달린 시간 이야기를 꺼내 여자를 압박한다. 전통적 연애시에서 남성에게 사랑하는 마음을 불러일으키는 것은 여성의 아름다움이다. 그런데 아름다움은 시간 앞에서 유지되지 못한다. 연애시에서 구애의 대상이 되는 여성을 가장 위협하는 것은 연적戀敵이 아니라 시간이다. 시간이 정지된 페트라르카풍의 연애시와는 달리, 마벌의 시에서 시간이 흘러가기 시작하는 순간 남성과 여성의 주도권이 뒤바뀐다. 이전의 연애시에서는 여성이 주도권을 쥐었다면, 이제는 남성이 주도권을 쥔다. 남자는 여자가 자신의 구애를 계속 거부하며 시간이 흘러가면 여자의 아름다움은 사라질 것이며, 그렇게 되면 자기의 사랑도 식을 것이라고 말한다. 그리고 여자가 그렇게 아끼던 처녀성도 결국 구더기 차지가 될 뿐이라는 말도 서슴지 않는다. 남자는 시간 앞에 모두가 무력한 존재라는 것을 일깨운다.

시의 마지막 부분은 전형적 카르페 디엠의 주제를 말한다. 남자는 시간에 쫓기며 다가오는 죽음 앞에 쇠잔해지기보다 오히려 시간을 삼켜버리자고 말한다. 그리고 철문 너머에 있는 삶의 의미를 소유하자고 제안한다. 삶의 의미를 얻고 나면 시간이 가는 것을 두려워할 필요가 없다는 마지막 구절은 매우 흥미롭다. 누구도 태양을 제자리에 세워 흘러가는 시간을 멈추게 할 수는 없다. 하지만

제3부 이 삶에 죽음이 찾아오기 전에

삶의 의미를 쟁취한 연인들에게는 시간이 흐르는 것이 아무런 위협이 되지 못하니 오히려 태양과 함께 누가 빨리 달리는지 시합을 할 수도 있다는 말이다. 마벌의 말처럼 사랑을 통해 삶의 의미를 실현한 연인들이 두려워할 것이 무엇이 있겠는가. 죽음도 더이상 위협이 되지 못한다.

삶의 유한성을 깨닫고 삶의 의미를 실현하자는 주제를 담은 또다른 시를 읽어보는 것도 좋다. 하우스먼의 「가장 사랑스러운 나무 The Loveliest of Trees」이다.

> 가장 사랑스러운 나무 벚나무가 지금
> 가지에 꽃을 달고
> 부활절 흰옷을 입고
> 숲으로 난 길을 따라 서 있다.
>
> 이제 일흔의 내 생에서
> 스무 해는 다시 돌아오지 않으리.
> 일흔 번의 봄에서 스물을 빼면
> 남은 것은 쉰 번의 봄뿐.
>
> 활짝 핀 것을 바라보기에는
> 쉰 번의 봄도 부족하니

눈 매달려 덮인 벚나무 보러

숲으로 가리라.

　사월 부활절 즈음 벚꽃이 한창이다. 나무마다 흰 꽃이 가득해 마치 부활절을 맞아 흰옷을 차려입은 듯하다. 그 벚꽃을 보러 숲으로 가는 젊은이가 있다. 그에게 스무 번의 봄이 이미 지나갔으니 그의 나이는 이제 스무 살이다. 그런데 그는 자신에게 남아 있을 쉰 번의 봄을 모두 쏟아부어도 벚꽃의 아름다움을 다 보기에는 시간이 부족하다고 탄식한다. 여기에서 벚꽃은 진정으로 삶의 의미를 주는 어떤 것에 대한 상징으로 보아도 좋다. 스무 살 때 자기 삶의 시간이 짧다고 탄식하는 이는 많지 않다. 그러나 이 시의 젊은이에게 벚꽃이 그렇듯이, 진정으로 삶의 의미를 주는 어떤 대상을 만난 이는 누구나 자기 삶이 너무 짧다는 생각을 하지 않을 수 없으리라. 진정으로 삶의 의미를 주는 일에는 자기 생의 모든 시간을 쏟아부어도 충분치 않기 때문이다. 자기 생의 모든 시간을 다 쏟아붓고 싶은 '벚꽃'을 만나지 못하는 삶은 불행하다. 그리고 그것을 너무 늦게 발견하는 것 역시 불행한 일이다. 그것을 온전히 향유하기에는 일흔 번의 봄도 부족하기 때문이다.

14장

생의 마지막 순간까지

삶이 완벽하지는 않지만, 최대한 그 삶을 살라.
그것이 우리가 가진 전부이기에.
반감비키 하비아리마나Bangambiki Habyarimana

사람이 긴 수명을 누린다 해도 살아 있는 동안 균질한 삶을 사는 것은 아니다. 인간의 신체적, 지적, 정서적 능력은 생애주기 동안 큰 변화를 겪는다. 어린 시절은 모든 것이 미숙한 시기이고, 청년기는 대체로 성숙을 향해 나가는 시기이고, 장년기는 가장 성숙한 시기다. 신체적인 능력은 아마도 청년기에 절정에 이르겠지만, 지적, 정서적 능력은 장년기에 이르기까지 꾸준히 성숙한다. 노년은 모든 것이 쇠락의 길로 접어드는 시기인지도 모른다. 사람에 따라 차이가 있겠지만, 노년이 깊어질수록 몸은 예전과 달리 정신이 요구하는 것을 제대로 들어주지 못한다. 지적, 정서적인 면에서도 대개는 젊은 시절 같지 않다.

지금은 사라진 풍습이지만 서양에서는 오랫동안 삶의 변화 과정을 〈삶의 계단The Stairway of Life〉이라는 풍속화로 표현했다. 사람이 태어나서 죽기까지의 과정을 그린 삶의 여정도이다. 중세 이후의 여정도에서는 십진법에 따라 인생을 열 단계로 나누어 그렸지만, 중세 때는 7이라는 수가 10보다 더 큰 의미가 있었기에 일곱 단계로 나누어 그렸다. 기독교와 가톨릭에서 이야기하는 일곱 가지의 죄악과 덕목*, 한 주간을 이루는 7일, 그리고 일곱 개의 학과목** 등 7이라는 숫자가 중요한 의미를 지니던 시기였기 때문이다.

중세의 여정도에서는 사람의 일생을 행운의 여신 포르투나가 잡고 돌리는 수레바퀴를 따라 일곱 단계의 그림으로 표현했으나 그 후에 나타난 여정도에서는 수레바퀴가 사라지고, 둥근 원이나 반원의 형식으로 그림을 배치한다. 왼쪽 아랫부분에서 시작하여 반원의 곡선을 따라 둥글게 상승하다 반원의 꼭대기를 거쳐 오른쪽으로 둥글게 하강하는 형식이다. 첫 그림은 젖먹이 아이, 두번째는 어린아이, 세번째는 성장기 소년, 네번째는 청년, 다섯번째는 성인,

---

* 기독교와 가톨릭에서 근원적인 죄를 의미하는 칠죄종七罪宗은 교만, 질투, 분노, 색욕, 탐욕, 식탐, 나태를 말하며, 이를 극복하는 칠극七克의 덕목은 은혜, 겸손, 절제, 정결, 근면, 관용, 인내를 말한다.

** 서양의 중세시대 학교에서는 기초과정으로 문법, 수사학, 논리학으로 구성된 3과목trivium을 배운 후, 고대 그리스 시대부터 전해내려온 수학, 음악, 기하학, 천문학의 4과목quadrivium을 배웠는데, 이것을 중세시대 학제의 자유 7과목seven liberal arts이라고 부른다.

여섯번째는 노인, 그리고 마지막에는 죽어가는 사람이 그려진다. 삶의 여정도는 사람이 태어나서 자라고 늙어 죽는 생로병사의 과정을 그림을 통해 선명하게 보여준다.

앞장에서 말한 것처럼 세상이 하나의 커다란 연극무대라는 셰익스피어의 생각은 삶의 여정도와 짝을 이룬다. 셰익스피어는 태어나는 것을 배우가 세상이라는 무대에 오르는 것, 그리고 이어지는 삶을 무대에서 주어진 배역을 연기하는 것, 죽음을 무대에서 퇴장하는 것으로 보았다. 세상이라는 무대에 올라 있는 동안 배우의 삶은 큰 질적 변화를 거친다. 셰익스피어에 따르면 사람은 인생의 무대에서 일곱 단계의 변화, 즉 7막의 인생을 산다. 그 단계는 아기infant 역, 학생schoolboy 역, 애인lover 역, 군인soldier 역, 법관justice 역, 그리고 다음이 광대 노인pantaloon 역이고, 마지막은 제2의 어린아이second childness 역이다. 셰익스피어의 인생 7막 구분은 삶의 여정도와 정확하게 일치하지는 않지만, 대략 그 골격을 따르고 있다. 아이 역은 같고, 학생은 어린 시절, 애인은 청년기, 군인과 법관은 중장년기, 광대 노인과 제2의 아이 역은 노년기에 해당한다. 셰익스피어는 『뜻대로 하세요』에서 노년기에 해당하는 두 시기를 다음과 같이 묘사한다.

막이 6막으로 바뀌면
수척하고 실내화를 신은 광대 노인이 등장하는데,

콧등에 안경을 얹고 허리엔 돈주머니를 차고
잘 아껴둔 젊은 시절 바지는 오그라든 정강이에 걸치기에
이제 통이 너무 크고, 사내답던 우렁찬 목소리는
애들같이 가느다란 목소리로 되돌아가
피리 소리나 휘파람 소리가 난다오. 이 별스럽고
곡절 많은 인간사의 끝을 맺는 최종 막은
두번째 유년기이자, 그저 망각일 뿐
이도 빠지고, 눈도 안 보이고, 입맛도 없고, 모든 일이 의미가 없
　　지요.

　삶의 여정도에서나 셰익스피어의 묘사에서 노년은 그리 행복해
보이지 않는다. 육체와 정신이 쇠잔해지는 가운데 다가오는 죽음
을 무기력하게 기다리는 처지에 불과하다. 그러나 모든 노년이 그
럴 필요가 있겠는가. 노년도 우리에게 오직 한 번 주어지는 삶의 중
요한 부분이다. 그렇기에 어떤 이들은 노년의 삶에 대해 더 고민하
며 이 시기를 무기력하지 않게 보내려고 애쓴다. 이 장에서 이러한
태도를 담은 시들을 살펴보려 한다.
　삶에 대해 자주 듣는 충고는 생의 마지막 순간까지 치열하게 살
라는 것이다. 이러한 충고를 가장 강렬하게 들려주는 시는 테니슨
의 「율리시스Ulysses」이다. 율리시스는 오디세우스Odysseus라는 그
리스 이름의 영어식 표기이다. 오디세우스는 우리에게도 친숙한

인물로, 고대 그리스의 시인 호메로스가 쓴 두 편의 서사시 『일리아스』와 『오디세이아』에 등장하는 영웅이다. 트로이전쟁에서 싸운 영웅들의 이야기인 『일리아스』에서 이타카의 왕 오디세우스는 아가멤논이 이끄는 그리스 연합군의 장수로서 참여한다. 전쟁에 참여하기를 주저하는 아킬레우스를 설득하여 참여시키고, 전쟁이 승패 없이 오래 계속되던 때 목마木馬를 이용한 전략으로 트로이성을 함락시키는 인물이기도 하다.

『일리아스』에서 오디세우스는 아킬레우스의 명성에 가려진 조연급 영웅처럼 보이지만, 아킬레우스가 죽고 난 후에는 그리스 연합군의 진정한 지도자로 부상한다. 아킬레우스가 죽고 난 후 그의 무구武具를 놓고 아약스와 경쟁하는데, 아약스가 힘과 용맹을 상징하는 인물이라면 오디세우스는 지략을 상징하는 인물이다. 오디세우스는 힘에서는 아약스에게 뒤질지 모르지만 뛰어난 언변으로 아킬레우스가 남긴 무구를 차지한다. 단순히 육체의 힘으로 세상을 휘어잡기보다는 넓은 안목으로 삶을 기획하는 능력이 더 중요하다는 것을 우회적으로 보여준다.

『일리아스』에서 아킬레우스에게 가려졌던 오디세우스가 『오디세이아』에서는 주인공이 된다. 이 작품은 일리아스보다 나중에 쓴 것으로 알려져 있는데, 트로이전쟁이 끝난 후 그리스의 영웅들이 자신의 고국으로 귀환하는 이야기이다. 특히 오디세우스의 귀환 과정이 중심 줄거리다. 오디세우스는 부하들과 함께 십여 년간

지중해를 떠도는 온갖 모험을 겪으면서도 고국 이타카로 돌아가야 한다는 의지와 희망을 버리지 않는다. 오디세우스가 트로이전쟁에 나설 때 아내인 페넬로페가 아들 텔레마코스를 낳았는데, 오디세우스가 온갖 시련과 유혹에도 불구하고 이타카로 돌아가려는 생각을 포기하지 않는 이유가 바로 이 두 사람이다. 오디세우스가 아내와 아들이 기다리는 이타카를 찾아가는 여정을 그린 『오디세이아』는 이제 보통명사가 되어 삶의 의미를 찾아 떠나는 여정이라는 의미로 쓰이고 있다.

아테네 여신의 도움으로 무사히 고향 땅에 도착한 오디세우스는 자신의 왕권과 아내를 탐하는 정적들을 모두 몰아내고 왕국과 가정을 되찾는다. 오디세우스에 관한 호메로스의 이야기는 그가 이타카로 돌아와 왕국을 회복하는 데서 끝이 난다. 그런데 많은 사람이 오디세우스의 노년 삶이 어땠을까 하고 궁금해했다. 오디세우스는 이탈리아 시인 단테의 『신곡』에 다시 등장한다. 단테는 이십여 년을 밖에서 모험을 찾아 떠돌던 오디세우스가 고국으로 돌아온 후, 아무런 모험이 없는 평범한 일상을 견디지 못하고 삼 년 만에 다시 모험을 찾아 떠났다고 말한다. 테니슨의 시는 바로 이 구절에서 영감을 얻어 오디세우스가 다시 모험을 찾아 떠나는 그 장면을 그리고 있다.

보람 없는 삶이로구나 허송세월하는 군주가

이 고요한 난롯가에 앉아, 이 불모의 바위산에서

늙은 아내와 짝을 이루어

야만의 족속을 다스리고 있으니,

돈을 모으고 먹고 자며 나를 몰라보는 백성을.

나는 모험을 그만두고 쉬지 않겠네.

삶을 찌꺼기까지 들이마시겠네. 언제나 나는

큰 기쁨과 큰 고통을 맛보았다네. 나를 아끼는

동료들과 함께 또는 혼자서. 육지에서나

휘몰아치는 물보라의 폭우를 뚫고 비를 실은 히아데스 성좌가

어둑한 바다를 괴롭힐 때도 그랬다네. 나는 영웅이 되었다네.

언제나 굶주린 마음으로 방랑하며

많은 것을 보고 경험했다네―도시들과

색다른 풍습과 고장들, 지방정부와 중앙정부를

그리고 하찮은 대접이 아니라 귀한 대접을 받았다네―

그리고 내 적수들과 전투의 기쁨도 맛보았다네.

저 멀리 창검 소리 요란한 바람 거센 트로이 벌판에서.

나는 내가 경험한 사건들에서 중요한 역할을 했다네.

그러나 모든 경험은 하나의 아치와 같아서

그 아치를 통하여 아직 가보지 못한 저 미지의 세계가 빛난다네.

그 세계의 가장자리가 내가 움직일 때마다 영원히 가물거린다네.

얼마나 따분한 일인가 모험을 멈추고 끝낸다는 건.

닦지 않고 녹슬게 내버려두고, 써서 빛나지 않는다는 건.

마치 숨쉬는 것이 인생인 것처럼. 삶 위에 삶을 쌓는다는 건

너무나 보람 없는 일, 그리고 내게 그러한 삶은

얼마 남지 않았다네. 그러나 시간이, 무엇인가 더

새로운 사건의 경험을 준다면

저 영원한 침묵으로부터 모든 시간이 남김없이 구제된다네.

사악한 일이었다네. 삼 년이란 시간을 이곳에서

나 자신이 재물을 모으고 쌓으며 보냈다니.

이 백발의 정신이 열망하는 것은

진리를 따라 유성처럼 인간 사고思考의 가장자리 너머로 가는 것.

(……)

저기 항구가 보이는군. 돛이 바람에 펄럭인다네.

어둡고 드넓은 바다가 빛난다네. 여보게 뱃사람들

나와 함께 수고하고 일하고 생각해온

영혼들이여, 그대들은 언제나 장난기로 흔쾌히 맞아들였지

천둥과 햇볕을, 거침없는 가슴과 거침없는 이마로

맞았지―이제 자네들과 나는 늙었다네.

하지만 노년에는 그에 따르는 위엄이 있고, 할 일이 있다네.

죽음이 모든 것을 종말 짓는다네. 그러나 그것이 오기 전에

무엇인가 고귀한 일을 아직 할 수 있다네

신들과 겨루었던 사람들에게 어울릴 만한 일을.

저 해안 절벽에서 등댓불이 반짝이기 시작하는군.

긴 하루가 저물어간다네. 큰 달덩이가 천천히 떠오르고 있다네.

깊은 바다는 수많은 소리를 내며 신음하는군. 벗들이여, 떠나세

더 새로운 곳을 찾아가는 것이 너무 늦지 않았으니

배를 바다로 밀어내세. 질서정연하게 앉아

노로 물결을 세게 쳐 바다에 물이랑을 만드세.

내 목표는 죽는 날까지

저 해지는 곳, 서녘 별들이 미역 감는 곳 너머로* 노 저어 가는 일.

파도가 우리를 휩쓸어가버릴지도 모르지.

아니면 축복의 땅에 도착할지도―그렇게 되면

거기서 우리 옛 동료인 저 위대한 아킬레우스를 만날지도 모른
 다네.

이제 우리에게서는 많은 것이 사라졌지만 아직도 많은 것이 남
 아 있네.

이제 옛날 하늘과 땅을 움직였던 그 힘은 사라졌지만

그래도 우리는 여전히 우리라네.

한결같은 영웅의 기개 말일세.

---

* 유럽에서 오랫동안 대서양 너머 서쪽에 있다고 믿어진 이상세계를 말한다.

시간과 운명 때문에 약해졌어도, 강한 의지로

분투하고 추구하고 탐색하면서 결코 굴복하지 않는 정신 말일세.

이타카로 돌아오기 전의 오디세우스의 삶을 생각해보면, 그가 다시 모험을 찾아 떠나는 것도 이해할 만하다. 오랜 세월 늘 새로운 일이 벌어지는 그런 삶을 살던 그가 안정되고 평화로운 이타카에서 할일 없이 늙어가는 것을 견디기는 쉽지 않았을 것이다. 그런데 그가 자신의 백성을 "야만의 족속"이라고 부르는 이유를 주목해봐야 한다. 그것이 그가 다시 모험을 찾아 떠나는 이유와 무관하지 않기 때문이다. 오디세우스는 자기 백성들을 "돈을 모으고 먹고 자며 나를 몰라보는" 자들이라고 말한다. 그런데 마지막의 "나를 몰라보는"이라는 말이 설마 백성들이 나라의 왕이 누구인지 모른다는 말은 아닐 것이다. 이 말은 문맥으로 보아 백성들이 오디세우스가 원하는 것, 즉 현재의 안락함에 만족하지 않고 늘 삶의 새로운 가능성을 추구하려는 삶의 태도를 이해하지 못하는 것을 의미한다. 백성들은 오직 먹고 마시고 모으는 일, 즉 당장의 육체적 안락과 물질에만 만족하는데, 오디세우스는 그런 백성들을 견딜 수가 없는 것이다. 오디세우스가 다시 이타카를 떠날 결심을 한 것은 고귀한 삶이 무엇인가에 대한 지적인 성찰에 바탕을 둔다. 그러기에 오디세우스에게 앎의 지평을 넓혀가는 것은 매우 중요하고, 별똥별처럼 지식을 추구하겠다는 각오를 다진다.

오디세우스는 나라를 다스리는 일을 장성한 아들 텔레마코스에게 맡기고 옛 동료들과 함께 새로운 모험을 찾아 떠난다. 삶을 찌꺼기까지 마시겠다는 구절처럼, 그는 생의 마지막 순간까지 치열하게 살기를 원한다. 그래서 인간에게 가능한 영역 그 너머까지 탐색하려 한다. 오디세우스에게 삶이란 마치 언제나 가보지 않은 세계가 가물거리며 빛나는 아치를 향해 걸어가는 것과 같다. 그 미지의 세계는 고정되거나 끝이 정해진 것이 아니어서 늘 새롭게 펼쳐진다. 그렇기에 그 세계를 탐색하고 경험하는 일에도 끝이 있을 수 없다. 한때 땅을 들어올리고 신들과 겨루었던 육체적 힘은 쇠락했지만 "분투하고 추구하고 탐색하면서 결코 굴복하지 않는" 기백은 노년에도 여전히 남아 있다. 그렇기에 자신을 삼켜버릴지도 모를 거친 바다를 향해 나아간다. 생의 마지막 순간까지 장렬하게 불타오르며 사라지는 별똥별처럼.

영국 시인 맥고프Roger McGough, 1937- 의 「젊은이의 죽음을 맞고 싶구나Let Me Die A Youngman's Death」는 테니슨 시의 현대 버전이다.

젊은이의 죽음을 맞고 싶구나

깨끗하고, 침대보 사이에서나

성수의 죽음이나

유명한 마지막 말이나

평화로운 마지막 숨의 죽음이 아닌.

일흔세 살에

여전히 음성 종양이 있고

밤새도록 파티를 하고

집으로 돌아오는 길에

빛나는 빨간 스포츠카에 치여

새벽에 거꾸러질지 모르지.

아니면 아흔한 살에

백발이 되어

이발소 의자에 앉아 있는데

경쟁하는 갱단이

토미건*을 들고 쳐들어 와서

가까이서 등을 쏘고 배 속에도 총알을 넣을지도.

아니면 백네 살에

캐번 술집에서 출입금지당하고,

여자친구가

내가 자기 딸과 한 침대에 있는 것을 보고

• 　미국에서 생산된 톰슨 기관단총을 말한다.

자기 아들이

딱 한 부위만 빼고

나를 조각내 던져버릴까 걱정할지도.

젊은이의 죽음을 맞고 싶구나

양초와 이울어가는 죽음 속에서

죄 없이 발꿈치 들고 조심스럽게 걸어가는 것이 아닌,

천사들이 드리운 휘장에 덮여 운구되는 죽음이 아닌,

얼마나 근사하게 죽음으로 가는 것이겠느냐.

　맥고프의 시에 등장하는 이가 추구하는 삶은 육체적으로 가장 왕성한 젊은이처럼 두려움 없이 세상으로 뛰어드는 그런 것이다. 이러한 삶은 노년에 이른 누구에게나 가능한 것도 아니고, 또 바람직한 것이 아닐 수도 있다. 다만 그는 젊은 날의 열정을 생의 마지막 순간까지 유지하려 한다.

　테니슨의 시와 맥고프의 시 모두 생의 마지막 순간까지 치열하게 살 것을 강조하지만, 이 두 시는 미묘한 대조를 이룬다. 테니슨의 시는 빅토리아시대 중상류층이 지향했을 법한 고귀하고 이상적인 삶의 모델을 제시한다. 그것을 좇고 실현하는 데 있어 더 중요한 것은 육체의 힘이 아니라 계속해서 그것을 찾아 나서려는 정신과 의지이다. 그에 반해 맥고프의 시는 1960년대 미국에서처럼 전통적 금기를 거스르는 새로운 문화의 기운을 느끼게 한다. 맥고프의 시는 금지된 영역 너머까지 몸의 경험을 극대화한다. 계속되는 몸의 다양한 경험을 통해 삶의 지평을 넓히려는 것이다.

테니슨과 맥고프 시의 두 주인공은 자기 삶에 대한 의지를 강하게 드러낸다. 그런데 우리는 자기 삶에 대해서뿐만 아니라 타인의 삶에 대해서도 같은 소망을 품기도 한다. 특히 자신과 가까운 사람의 삶에 대해서는 더욱 그렇다. 영국 시인 토머스Dylan Thomas, 1914-1953의 시 「그렇게 고이 저 작별의 밤으로 들어가지 마세요Do Not Go Gentle into That Good Night」는 아버지의 꺼져가는 생명에 대한 절규이다.

그렇게 고이 저 작별의 밤으로 들어가지 마세요.
노년은 날이 저무는 것에 불타오르고 분노해야 합니다.
빛의 소멸에 대해 분노하고 분노하세요.

현명한 이들은 죽음을 맞으며 어둠이 옳다는 것을 알지만
자신들의 말이 번갯불을 일으키지 못했기에
그렇게 고이 저 작별의 밤으로 가지 않습니다.

선한 이들은 마지막 파도 곁에서 자신들의 연약한 행위가
초록의 만灣에서 어떻게 밝게 춤출 수도 있었을지 애석해하며

빛의 소멸에 대해 분노하고 분노합니다.

달아나는 태양을 붙잡고 노래했던 거친 이들은
너무도 늦게야 자신들이 태양이 가는 길을 슬프게 했다는 것을
　깨닫고
그렇게 고이 저 작별의 밤으로 가지 않습니다.

근엄한 자들은 죽음 가까이서, 멀어가는 눈으로
눈먼 이들도 유성처럼 불타고 화사할 수 있다는 것을 깨닫기에
빛의 소멸에 대해 분노하고 분노합니다.

그러니 당신, 내 아버지여, 거기 슬픔의 절정에서,
간절히 원하오니, 이제 당신의 사나운 눈물로 나를 저주하고 축
　복하세요.
그렇게 고이 저 작별의 밤으로 들어가지 마세요.
빛의 소멸에 대해 분노하고 분노하세요.

　이 시는 토머스가 남긴 뛰어난 시편 중 하나로 아버지의 죽음
을 슬퍼하는 시이다. 우리말 번역으로 전달되기는 어렵지만, 정교
한 운율과 반복되는 시구가 도드라져 보인다. 이 시에서 시인은 아
버지가 무기력하게 죽음의 세계로 들어가는 것을 안타까워하며,

그렇게 무기력하게 작별의 밤인 죽음의 세계로 가지 말라고 절규한다.

시인의 아버지는 아마도 평범한 삶을 산 사람일 것이다. 시인은 다른 사람들이 어떻게 생의 마지막 순간까지도 죽음에 저항하고 분노하는지를 반복해서 말한다. 현명한 자, 선한 자, 거친 자, 근엄한 자들은 저마다 뚜렷한 주관을 가지고 세상에 자기 삶의 흔적을 남긴 사람들이다. 그렇기에 그들은 어쩌면 죽음의 세계로 들어가며 아쉬움이 덜한 사람들일 수도 있다. 그런데도 그들도 제 나름의 이유로 순순히 죽음의 세계로 가기보다 분노하고 저항한다. 시인은 이들보다도 무기력하게, 세상에 저항하기보다는 순응하면서 살았던 아버지가 죽음에 대해서도 저항하지 않는 것을 안타까워한다. 궁극적으로 죽음을 받아들이고 순응하는 것이 지혜로운 것이겠지만, 아버지가 조금 더 살아 있기를 바라는 자식의 입장은 다를 수밖에 없다. 그래서 시인은 죽음의 자리에 누워 있는 아버지에게 눈물로 절규한다. 그렇게 고이 저 작별의 밤으로 가지 말라고.

생의 마지막 순간까지 치열하게 살 것을 강조하는 시들과 함께 읽어볼 만한 시는 랜들의 시 「안락 살인자들에게To the Mercy Killers」이다. 이 시는 안락사와 존엄사와 같은 문제, 즉 생명의 끝을 누가 어떻게 결정할 것인가의 문제를 다시 생각해보게 한다.

만일 자비가 그대 마음 움직여 나를 살해하려 한다면

간청하지만, 친절한 살인자들이여, 나를 살게 내버려두오.

죽음과 공모하여 결코 나를 해방하려 하지 마오.

차라리 고통이 안기는 그런 삶을 살게 해주오.

비록 내가 그저 덩어리, 고통으로 악문 것,

토막, 그루터기, 밑동, 딱지, 혹,

울부짖는 고통, 썩어가는 악취라 해도

그래도 살게 해주오, 생명이 아직 뛰고 있는 한.

내가 스스로 배신자가 되어 죽기를 간청해도

공모자가 되지 말아주오.

내가 사람이 아니라

말 없는 포도당 덩어리, 병에 담긴 피,

폐를 부풀리고 심장을 펌프질하는 기계라 해도

내 생명을 끄지 말아주오. 여전히 빛을 내게 해주오.

존엄사와 안락사의 문제는 죽음을 어떻게 맞을 것인가에 관한 서로 다른 생각들이 충돌하는 지점이다. 존엄사는 생물학적으로는 아직 살아 있지만 질병이나 다른 이유로 죽은 것이나 다름없고 인간의 존엄성이 유지되지 못한다고 여겨질 때, 자기 판단과 의지에 따라 삶과 죽음에 대해 스스로 결정하는 문제이다. 그런데 환자가 스스로 판단하고 결정할 만한 상황에 있지 못할 경우 그것을 결정하는 일이 간단하지 않다. 안락사의 경우에 당사자가 아닌 다른 사람이 죽음의 시기와 방법에 관한 결정을 내리기 때문에 논란이 된다. 식물인간 상태에 있는 환자의 연명치료를 계속할지 말지를 환자 자신이 아니라 가족이나 의료진이 결정하는 문제에 대해서는 사회적 합의를 이루기 쉽지 않다.

조금 다른 이야기이지만 가끔 언론에서 장애가 있는 자식을 어렵게 돌보던 부모가 더는 자식을 돌보지 못하게 된 상황에 이르러 스스로 죽음을 택하면서, 자식의 목숨도 거두어 가는 사건을 보게 된다. 자신이 죽고 나면 아무도 돌볼 처지가 없는 자식의 삶이 죽음보다도 더 못할 것이라고 생각하는 부모 심정을 이해하지 못할 것은 없다. 그런데 장애가 있는 자식의 입장에서는 그러한 상황이 무척 두려울 수 있다. 나를 돌보던 사람이 죽을 때 나도 내 의지와 상관없이 살해될 수 있다는 두려움 말이다.

생명의 정의에 대한 다양한 의견 속에서 어느 입장을 수용해야 할지 혼란스럽기도 하다. 인지 능력을 상실하고, 신체 능력도 거의 상실한 채 기계에 의지해 호흡한다거나, 더 극단적으로는 뇌가 이미 제 기능을 잃고 다른 장기만 살아 있는 상태를 과연 살아 있는 것이라고 여길 수 있는지 궁금해하는 한편, 왜 그런 상태라도 삶이라 부르기를 주저하는지 묻기도 한다. 「안락 살인자들에게」는 어떤 경우에도 "생명을 끄지 말"라고 외친다. 설령 그가 사람이 아니라 포도당 덩어리, 병에 담긴 피이며, 기계로 호흡하고 심장을 작동시켜도 말이다. 그것이 아무런 의미가 없다고 누가 어떻게 단정할 수 있겠는가? 그 상황에도 그는 고깃덩어리나 기계가 아니라 여전히 살아 있는 인간일 수 있지 않겠는가.

생명은 우리에게 단 한 번 주어지는 것이기에 소중하다. 그 생명이 유지되는 다양한 방식에 대해 획일적인 기준을 부여하기는 어렵다. 그렇기에 삶과 죽음을 어떻게 정의하고 규정하는가의 문제는 어떤 식으로 살아 있기를 원하는가에 관한 자기 신념의 문제이다. 「안락 살인자들에게」는 어떤 방식이든 '살아 있음'에 의미가 있다고 말한다. 죽음이 찾아오면 그 어떠한 형식의 살아 있음도 더는 유지되지 못하기에 그렇다.

15장

이렇게 죽음을 맞으리라

시작하는 기술이 대단하지만 끝맺는 기술은 더 대단하다.

롱펠로Henry Wadsworth Longfellow

죽음이 찾아왔을 때 내가 무엇을 느끼고 무슨 생각을 하게 될지 아직 모르겠다. 나이가 들어도 더 지혜로워지지 않으니 앞으로도 그럴 것이다. 삶의 시간이 줄어들수록 두려움 혹은 슬픔이 커진다면 그것이야말로 슬프고 두려운 일이다. 남은 삶의 시간을 그렇게 보내지 않으려면 어디서 지혜를 얻어야 할까. 꽃에서 구해보는 것은 어떨까? 꽃에서 지혜를 얻는 두 편의 시를 같이 읽어보면 좋을 것 같다. 17세기 영국 시인 킹Henry King, 1592-1669의 「꽃에 대한 명상Contemplation upon Flowers」과 허버트George Herbert, 1593-1633의 「삶Life」이라는 시이다. 먼저 킹은 꽃에서 이렇게 지혜를 얻는다.

멋진 꽃이여, 내가 너처럼 당당하고

허영을 품지 않을 수 있다면 좋으리.

너는 밖으로 나와 해 끼치는 일 없이 뽐내다가

다시 대지의 잠자리로 돌아가는구나.

너는 오만하지 않고, 어디에서 태어났는지 아는구나.

왜냐면 너의 수놓인 옷은 대지에서 왔으니.

너는 네 시간에 순종하지만

나는 내 시간이 항상 봄이기를 원한다.

내 운명은 겨울을 알려 하지 않고, 절대로 숙으려 하지 않는다.

그런 것을 생각조차 않으려 한다.

오 내가 대지의 내 누울 곳을 보면서도

너처럼 미소 짓고 명랑해 보일 수 있으면 좋으련만.

오 내게 가르쳐다오 죽음을 보고도 두려워하지 않는 법을

오히려 휴식하는 법을.

얼마나 자주 나는 보았던가, 관대 위에 있으면서

거기서 싱싱하고 새뜻한 네 모습을.

너 향기로운 꽃아 그러니 내게 가르쳐다오 내 숨결이

내 죽음을 네 숨결처럼 감미롭게 그리고 향기롭게 하는 법을.

죽음을 맞이하는 지혜를 꽃에서 얻을 수 있다는 생각은 꽃처럼 우리를 환히 미소 짓게 한다. 꽃이 주는 지혜를 어찌 마다할 수 있겠는가. 킹의 시에서 삶을 대하는 꽃의 태도는 시인의 태도와 선명하게 대비된다. 자연에서 태어난 꽃은 자연의 시간을 따르고 순종한다. 그러나 우리는 대개 우리의 삶이 "항상 봄이기를 원한다./ 내 운명은 겨울을 알려 하지 않고, 절대로 죽으려 하지 않는다". 하지만 우리의 소망과 달리 죽음은 시시각각 우리를 향해 다가온다. 시인은 "죽음을 보고도 두려워하지 않는 법을" 꽃에게 물으며 가르침을 청한다. 꽃은 살아 있는 동안 싱싱하고 새뜻하며 감미로운 향내를 풍긴다. 마지막 순간까지 싱그러움과 향내를 잃지 않다가 때가 되면 두려움 없이 시든다. 그렇게 생을 아름답게 마치는 법, 시인은 이것이 우리가 꽃에게서 배워야 할 점이라고 말한다.

허버트 역시 죽음을 맞는 지혜를 꽃에서 구한다.

나는 날이 달려가는 동안 꽃다발을 만들었다.
"여기서 내 삶의 향내를 맡고
내 생명을 이 다발 속에 묶어야겠다."
그러나 시간이 꽃에게 손짓했고, 그래서 꽃은
한낮에 고요히 달아나야 했으니
내 손에서 시들었다.

내 손은 꽃에, 내 마음에 가까웠다.

나는 더는 생각지도 않고 선의로 받아들였다.

시간의 상냥한 충고를.

감미롭게 죽음의 슬픈 맛을 전해주고

내 마음이 내 운명의 날의 냄새를 맡게 하면서도

그 의심을 달콤하게 했기에.

잘 가거라 사랑스러운 꽃들이여, 너희는 아름답게 시간을 보냈

   구나.

살아 있을 적엔 향료나 장식으로 어울렸고

죽고 나서는 병 고치는 약으로 합당하게.

나도 곧 너희 뒤를 따르리라 불평도 슬픔도 없이.

내 향기가 좋다면 나는 상관하지 않으리라

내 생명이 네 생명처럼 짧을지라도.

  허버트는 꽃에서 배운 지혜를 자신의 삶에 적용하려 한다. 시인은 꽃이 시드는 것을 보며 시간의 충고를 따르고, 꽃처럼 곧 시들 자신의 운명을 받아들인다. 그런데 꽃은 피었다 시드는 그 짧은 시간을 아름답게 보낸다. 살아 있는 동안에는 향료나 장식으로 쓰이고, 죽어서도 약재가 되어 아픈 이들을 치료한다. 꽃처럼 살아 있

는 동안 세상에 쓸모 있는 존재로 살다가 운명에 순응하고 죽음을 맞이하는 것, 이것이 허버트가 꽃에서 얻은 지혜이다.

허버트에게 이 세상에 얼마나 오래 머무는가는 중요하지 않다. 그에게 중요한 것은 삶에 아름다운 향기를 남기는 것이다. 실제로 허버트는 성직자로서 꽃에서 배운 지혜를 삶에서 실천한 사람이다. 영국 베머튼의 교구목사였던 그는 참된 목자였다. 허버트가 살던 시대에 성직은 대부분 상속받을 작위나 재산이 없는 차남들이 택하는 직업이었다. 그렇게 성직자가 된 이들은 교구 내에 머물며 교구민들의 영적 삶을 성실하게 돌보기보다, 성직자의 직분으로 얻게 될 연금에 더 관심이 많았다. 그런데 허버트는 진정으로 교구민을 사랑했으며 그들의 영적 삶을 보살폈다. 그는 설교하고, 기도하고, 자기 돈을 들여 교회 건물을 재건축하고, 병든 자를 찾아 위로하고, 죽어가는 이의 임종을 지켰다. 교구민들이 진정으로 존경했던 그는 꽃의 가르침을 누구보다 성실히 실천한 성직자였다.

죽음이 두렵고 슬프다면, 그것은 우리가 겨울을 알려 하지 않고 항상 봄에만 머물기를 원하기 때문일 것이다. 우리가 삶의 봄에 영원히 머물 수 없다면, 어떻게 해야 그 봄과 이별하는 것이 슬프지 않을까? 삶에 대한 미련이나 애착이 없을 때 가능할까, 아니면 오히려 삶을 지극히 사랑할 때 가능한 것일까? 버Amelia Josephine Burr, 1878-1968. 미국 시인는 「삶의 노래A Song Of Living」에서 그 궁금함에 이렇게 대답한다.

삶을 사랑했기에 죽어도 슬프지 않으리.

내 기쁨을 날개 위에 실었네, 하늘의 푸름 속에 사라지기 위해.

비와 함께 달리고 뛰었으며, 바람을 내 가슴에 품었네.

졸음에 겨운 아이처럼 대지의 얼굴에 내 뺨을 부볐네.

삶을 사랑했기에 죽어도 슬프지 않으리.

젊은 사랑의 입술에 입맞춤했고, 그의 노래를 끝까지 들었다네.

친구의 충직한 손에 내 손을 봉인했다네.

하늘의 평화와 잘 마친 노동의 위안을 알았네.

어둠 속에서 죽음을 갈망했고, 지옥에서 살아 일어났네.

삶을 사랑했기에 죽어도 슬프지 않으리.

세상에 내 몫의 영혼을 주었더니 그때 거기에서 내 여정이 끝났네.

내가 마치지 못할 일을 다른 이가 마치리라는 것을 분명히 안다네.

내가 걸어온 길의 어떤 꽃도 어떤 불빛도 헛된 것이 아니라는 것
　　을 안다네.

창문으로 어떤 얼굴을 보듯, 삶을 통해서 나는 신을 바라보았네.

삶을 사랑했기에 죽어도 슬프지 않으리.

이 시에는 자기 몫의 영혼을 세상을 위해 내어주고 삶의 여정이

끝나는 날까지 최선을 다해 산 자의 평온이 있다. 시인은 잘 마친 삶의 노동이 주는 위안을 잘 안다. 그리고 자신이 미처 끝내지 못한 일을 다른 이가 이어가며 마치리라고 믿는다. 그렇기에 삶에서 마주친 어떤 꽃도 어떤 불빛도 헛된 것이 아니었다고 확신한다. 그런 삶이 죽음을 맞는다 하여 어찌 슬플 수 있겠는가.

내 삶의 마지막 모습이 어떨지 늘 궁금하다. 그 순간이 될 때까지 결코 알지 못하겠지만, 그 모습이 카니의 시에서와 같을 수 있다면 좋겠다.

마침내 가을날이 와
길어지는 그림자가 빠르게 다가오고
거칠고 습한 서풍이 슬픔을 토해내고
온 숲이 붉은 잎으로 변하면
햇살 들고 비 내리는 날 내 모든 노동의 대가로
한 시간 평온한 휴식을 내게 허락하소서.
내가 다시 몸을 돌려
침묵 속에 이곳을 지나 문을 닫기 전에.

난 노동 속에 생을 마치지 않으리라.
삽을 흙에 꽂고
들판과 하늘을 둘러보리라.

작별하려 남아서

함께 밭을 갈았던 사람들을 바라보는 이처럼.

아직 몇 고랑이 남았는지 가늠해보며

들판이 구름에 가려 어둡지만

찬란한 빛기둥으로 봄이 올 것을 아는 이처럼.

관심 없고 생각 없는 품삯꾼처럼

서두르며 바삐 가지 않으리라.

위엄 있게 쉬다 가리라.

내가 이곳을 지나 문을 닫기 전에.

「가을Autumn」이라는 시인데, 해 지는 들판을 배경으로 부부가
두 손 모아 기도를 드리는 아름다운 장면을 그린 밀레의 그림 〈만
종〉을 떠올리게 한다. 카니는 고단한 삶을 살았던 시인이다. 가난
탓에 십대부터 공장에서 일했고, 평생을 노동하며 보냈다. 고된 노
동을 하면서도 노동이 자신의 삶에서 지니는 의미에 대해 깊이 성
찰했던 시인이었다. 그런데도 카니는 생의 마지막 시간만은 노동으
로 보내지 않겠다고 한다. 구름 없이 햇살 가득한 날이나 비가 오는
날이나 삶의 모든 나날을 일하며 보냈으니, 그 보상으로 삶이 "한
시간 평온한 휴식을" 허락해주기를 소망한다. 카니는 해 질 무렵 품
삯을 받은 일꾼들이 서둘러 떠나듯 그렇게 삶의 들판을 떠나지 않

으려 한다. 대신 하던 일을 멈추고, 삽을 흙에 꽂고, 저무는 삶의 풍경을 바라보려 한다. 세상은 마지막 어둠이 내리기 직전의 찬란하고 아름다운 노을빛으로 붉게 물들어 있다. 이제 곧 어둠이 내리면 세상의 풍경은 다시 볼 수 없으리라. 카니는 세상의 그 아름다운 마지막 풍경을 보며 잠시나마 위엄 있게 쉬다가 이 세상의 문밖으로 나서려 한다. 노을처럼 아름다운 마지막이다.

16장

백조의 노래

내 펜이 한 페이지의 바닥에 이르렀으니
그 페이지가 끝나면, 여기서 이야기도 끝나리라.

바이런George Gorden Byron

고대 그리스 사람들은 백조를 특별히 귀하게 생각했다. 그들은 백조가 평생 침묵하다가 죽기 직전에 처음이자 마지막으로 가장 아름다운 노래를 부른다고 믿었다. 백조는 아폴로 신이 귀하게 여긴 새이며 조화와 아름다움을 상징하는 새이다. 또 아폴로 신이 음악의 신이었기에 백조 또한 아름다운 노래를 부르는 새, 혹은 그러한 사람을 의미하게 되었다. 오늘날 백조의 노래는 일반적으로 예술가가 생의 마지막에 온 힘을 다해 만드는 작품을 의미한다. 시인들도 백조의 노래를 짓는다. 시인에게 백조의 노래는 생의 마지막에 쓰는 시이거나, 아니면 죽음을 앞두고 쓴 것은 아니라도 시인의 시적 탐색이 어떤 종착점에 다다른 것을 보여주는 시를 의미한다. 시인의 백조 노래가 기왕이면 죽음에 대한 생각을 담고 있으면 더 좋을 것 같다. 이 장에서는 몇몇 시인의 백조의 노래로 불릴 만한 시를 읽고자 한다.

영국 르네상스시대의 음악가 기번스Orlando Gibbons, 1583-1625의 사랑 노래 「은빛 백조Silver Swan」는 서양에서 오랫동안 전해져온 백조의 노래 이야기를 시로 담은 것이다.

> 삶에서 어떤 노래도 부르지 않던 은빛 백조는
> 죽음이 다가오면 침묵의 목청을 풀어젖힌다네.
> 갈대 우거진 물가에 가슴을 기대고
> 이렇듯 처음이자 마지막 노래를 부르고 더는 부르지 않는다네.
> "모든 기쁨이여, 안녕! 오 죽음이여 와서 내 눈을 감겨다오!
> 지금은 백조보다 거위가 더 많고
> 현명한 이보다 바보들이 더 많구나."

기번스는 백조의 노래를 부르며 세상을 나무란다. 백조가 부르는 노래는 거위가 부르는 노래보다 더 듣기 좋다. 그런데 그 이유는 단순히 백조가 거위보다 더 곱고 아름다운 소리로 노래하기 때문이 아니라, 백조가 거위보다 더 지혜롭기 때문이다. 물론 백조와 거위는 두 부류의 사람에 대한 비유이다. 우리가 사는 세상은 온갖 주장과 아우성이 메아리치는 곳이다. 기번스가 살았던 시대도 그랬겠지만, 오늘 우리가 사는 세상에도 거위처럼 소음만 내는 이가 많고 참 지혜를 말하는 이가 적은 것은 한탄할 만한 일이다.

영국 작가 스티븐슨Robert Louis Stevenson, 1850-1894은 말 그대로 백조의 노래를 염두에 둔 듯한 시를 썼다. 「레퀴엠Requiem」이라는 시이다.

> 별이 빛나는 드넓은 하늘 아래
> 무덤을 파고 눕게 하소서.
> 기쁘게 살았고 기쁘게 죽는다네.
> 내 의지로 낮게 눕는다네.
>
> 이것이 그대가 내 무덤에 새기는 시가 되게 하소서.
> 그가 여기 갈망하던 곳에 누웠노라.
> 뱃사람이 집으로, 바다에서 집으로 왔다네.
> 언덕에서 사냥꾼이 집으로 왔다네.

스티븐슨은 우리에게도 널리 알려진, 외다리 존 실버 선장이 나오는 소설 『보물섬Treasure Island』과 한 인간에 내재한 양면성을 그려낸 소설 『지킬 박사와 하이드 씨Dr. Jekyll and Mr. Hyde』를 쓴 작가이다. 레퀴엠은 장례식에서 부르거나 연주하는 음악이다. 이 시는 스티븐슨의 묘비에도 새겨져 있는데, 종이나 전자화면에서 읽기보다는 묘비명으로 읽으면 더 좋을 듯하다. 그가 부르는 백조의 노래에서는 삶에 대한 아쉬움도, 죽음에 대한 두려움도 찾아볼 수 없다. 마치 뱃사람이 바다에서 집으로 돌아오는 것처럼 그렇게 평온하게 대지의 품으로 돌아가 눕는 자의 만족과 평온함이 있다. 세상에서 삶의 시간을 온전히 보내고 기쁜 마음으로 별빛 아래 눕는 그에게 죽음은 삶을 완성하는 시가 된다.

메러디스George Meredith, 1828-1909는 빅토리아시대의 소설가인데, 시도 썼다. 그의 백조의 노래라고 부를 만한 시는 「지나간 자오선의 발라드A Ballad of Past Meridian」이다.

어젯밤 저녁 산책길에서 돌아오다

회색 안개의 죽음을 만났네. 그의 눈 없는 이마가

나를 내려보았네. 그의 백악白堊 같은 손을 뻗어

시든 가지에서 온 것 같은 꽃을 내게 주었네

오 죽음이여 그대는 얼마나 비통한 꽃다발을 주는가!

죽음이 말했네. "나는 모은다네." 그러고는 자기 길을 갔다네.

내 곁에 다른 이가 서 있었네, 돌의 모습으로,

칼로 난자당하고 쇠 때가 묻고, 흙으로 지은 가슴으로,

그리고 이따금 불처럼 빛나는 금속 혈관을 가진 이가.

오 삶이여, 알고 보면 얼마나 헐벗고 얼마나 딱딱한가!

삶이 말했네. "그대가 나를 빚은 대로, 나는 그 모습이라네."
그러자 기억이, 소나무 위의 쏙독새처럼
그리고 앞 못 보는 희망이, 밤하늘의 종다리처럼
함께 입을 모아 밤 기울 때까지 죽음과 삶을 노래했네.
죽음의, 삶의, 안으로 굽어지는 노래가 내 노래라네.

    스티븐슨이 기쁜 마음으로 자신의 삶을 돌아본다면, 메러디스는 비통한 마음으로 자기 삶을 돌아본다. 그에게 삶은 흙으로 지은 몸에 금속 피가 흐르는 것과 같다. 그저 헐벗고 딱딱할 뿐, 풍요로움이 없다. 매 순간 세상의 미묘한 변화에 섬세하고 유연하게 반응하며 그때마다 놀라운 삶의 경이를 경험하는 것이 아니라, 그저 단단히 굳어 있을 뿐이다. 그가 바라보는 삶이 그런 모습이라면 거기에 무슨 희망이 있겠는가. 희망이 앞을 보지 못하는 것은 당연하다. 또 그의 노래에서 삶은 외부를 향해 확장되지도 않고, 죽음이 보여줄지도 모르는 또다른 세계로 확장되지도 않는다. 그의 노래는 삶에 대해서도 죽음에 대해서도 안으로 닫혀 있다. 온통 칼로 난자당한 자기 삶을 돌아보는 시인의 마음에는 비통함이 가득하다.

    이 책에서 여러 번 소개한 디킨슨의 시 중에도 백조의 노래로 불릴 만한 것이 있다.

더 커지는 가장 슬픈 소음, 가장 감미로운 소음
가장 격렬한 소음
새들이 봄에 소음을 낸다
밤이 맛있게 끝나갈 즈음에.

삼월과 사월 사이의 경계에
그 마법의 전선에,
그 너머로는 머뭇거리는 여름이 있고
거의 너무 천국처럼 가까이

그 소리는 죽은 자들을 생각하게 한다.
여기서 우리와 거닐었던 자들을.
이별의 마법으로
잔인하게도 더 소중하게 된 이들을

그 소리는 우리가 가졌던 것을 생각하게 한다
그리고 우리가 지금 한탄하는 것들을.
우리는 거의 저 사이렌*의 목청을 가진 새들이 떠나가
더는 노래하지 않기를 바란다.

귀는 사람의 가슴을 미어지게 한다

창처럼 빠르게

귀에 가슴이 없다면 좋을 것을

그렇게 위험하게 가까이 (1764)

　19세기 미국의 대표적 여성 시인인 디킨슨은 매우 특별한 삶을 살았다. 청교도 전통이 강하게 남아 있던 매사추세츠주에서 독실한 청교도 집안에서 태어난 디킨슨은 신학교에 다니다 그만두고 집에서 칩거하며 지냈다. 살던 마을을 벗어나지 않는 것은 물론, 집밖으로도 거의 나오지 않았다고 한다. 마을에 교회가 새로 지어졌을 때는 달이 뜬 밤에 몰래 나와 둘러보았다고 한다. 오랫동안 디킨슨에게는 칩거하던 집이 자신이 아는 세상의 전부였고, 디킨슨은 그 작은 세상에 들어앉아 시를 썼다. 디킨슨의 시는 그녀가 살아 있던 동안 세상에 거의 알려지지 않았고, 잡지에 실린 몇 편의 시와 지인에게 보낸 편지에 쓴 시 몇 편이 외부에 알려진 전부였다. 나중에 디킨슨의 시 전집을 편집한 존슨Thomas Johnson이 디킨슨의 집에서 발견된 시 원고와 외부로 보냈던 시까지 발굴하여 모

---

* 　그리스 신화에 나오는 상반신은 여성의 몸이고 하반신은 새의 형상을 한 바다의 요정인데, 아름다운 노래로 뱃사람을 유혹하여 잡아먹거나 배를 난파시킨다.

아보니 1775편이나 되었다.

위에 소개한 시는 디킨슨이 생의 마지막 시기에 쓴 시이다. 디킨슨은 죽음에 관한 시를 많이 썼다. 전체 시의 삼분의 일 정도가 죽음에 관한 시인데, 위에 소개한 시도 그중 하나이다. 이 시의 시간적 배경은 여름이 머지않은 봄이다. 시인은 새벽 무렵 우는 새소리가 가장 슬프고 감미롭고 격렬한 소음이라고 말한다. 겨우내 움츠렸던 새들은 봄이 오자 한창 생명력 넘치게 노래하는데, 시인은 그 소리가 즐겁지 않다. 그 소리가 죽어 떠난 이들을 생각하게 하기 때문이다. 계절은 변함없이 다시 돌아오지만 죽은 이는 봄이 되어도 다시 돌아오지 않는다. 귀에 들리는 새소리는 시인의 가슴을 미어지게 한다. 시인은 탄식한다. 새소리를 듣는 귀가 없다면 좋을 것을, 새소리를 듣더라도 귀에 가슴이 없다면 좋을 것을, 가슴이 그렇게 귀 가까이 있지 않았더라면 좋을 것을. 디킨슨은 어린 시절부터 가족과 친구의 죽음을 여럿 겪었다. 그렇기에 죽음에 예민한 귀를 가지게 되었으리라. 그런 귀를 가진 사람은 봄날 새소리에서도 죽음을 떠올린다. 먼저 떠난 이들의 죽음을, 그리고 자신의 죽음을.

하우스먼은 자기 삶이 아니라 자기 시를 돌아보는 백조의 노래를 부른다. 「사람들은 내 시가 슬프다 하네They Say My Verse Is Sad」라는 시이다.

사람들은 내 시가 슬프다 하네. 놀랄 일도 아니지.

그 협소한 시가

영원의 눈물과 슬픔으로 확장한다네.

내 것이 아니라 사람들의 것을.

이것은 모든 부당한 대접을 받은 자들을 위한 것

아직 태어나지 않고 아직 잉태되지 않은 이들이

어려운 처지 될 때 읽기 위한 것이라네.

나는 어렵지 않다네.

하우스먼은 시 쓰는 일에만 매달린 작가가 아니었다. 케임브리지대학교에서 고전문학을 가르치며 틈틈이 시를 썼다. 그러다 보니 다른 시인들과 비교하면 작품 수가 많지 않다. 그의 시에는 특별하거나 낯선 시어도 없고, 독특한 소재나 극적인 상황으로 치닫는 이야기도 없다. 그는 일상적인 소재를 쉽게 구성하여 평범한 시어로 담아낸다. 그러면서도 그의 시는 우리가 흔히 잊고 지내거나 미처 깨닫지 못하고 있는 삶의 중요한 의미를 예리하게 포착해서 보여준다. 그것이 하우스먼의 시가 지닌 특별한 매력이다.

하우스먼의 백조의 노래는 자기 시가 슬프다고 말하는 세상에 건네는 답변이다. 하우스먼의 시에서는 언제나 사람이 중심이다. 그런데 그의 시에 등장하는 이들은 대개 부당한 차별과 억압을 받는 이들이다. 하우스먼의 시는 그들을 위해 흘리는 눈물이다. 그러니 그의 시가 어찌 슬프지 않겠는가. 만일 시가 부당한 차별을 받으며 주변부로 내몰리는 사람들을 위해 눈물을 흘리지 않는다면, 그것이 슬픈 일이다.

휘트먼의 「초원의 밤Night on Prairies」이라는 시도 죽음을 이야기하는 백조의 노래이다.

초원에 밤이 온다.

저녁 식사도 끝났고, 바닥에는 낮게 타는 모닥불

지친 이주민들은 담요를 두른 채 잠들어 있다.

나는 홀로 걷는다―서서 별을 본다. 생각해보니 전에는 깨닫지
　못했던 것들이다.

나는 이제 불멸과 평화를 빨아들인다.

나는 죽음에 경탄하고 여러 주장을 시험해본다.

얼마나 풍성한가! 얼마나 영적인가! 얼마나 요약돼 있는가!

같은 노인이자 영혼―한결같은 열망, 그리고 한결같은 내용.

나는 낮이 아닌 것이 보여주는 걸 볼 때까지 낮이 가장 찬란하다
　고 생각했다.

나는 내 주위로 수많은 다른 천체가 소리 없이 솟구쳐오를 때까지 이 세상을 오래 생각하고 있었다.

이제 우주와 영원에 대한 위대한 생각이 나를 채우는 사이 그것들을 기준으로 나를 가늠해보리라.

지구에 있는 생명들과 함께, 내게 다다른 다른 천체의 생명들에 감동되어,

아니면 오기를 기다리며, 혹은 지구의 생명보다 더 멀리 지나갔거나,

나는 이제부터 내가 내 삶을 무시하지 못하듯, 더는 그것들을 무시하지 않으리.

아니면 내 것으로 온 지구의 생명들, 혹은 오기를 기다리며.

오 나는 이제 안다. 낮이 그렇듯이, 삶은 내게 모든 것을 보여주지 못한다는 것을.

나는 이제 죽음이 내게 무엇을 보여줄지 기다려야 한다.

휘트먼은 에머슨의 초월주의 철학을 기반으로 매우 독창적인 철학을 정립했는데, 그의 생각은 언제나 우주를 향해 열려 있었다. 그는 개인의 내면에 있는 초월적 영성을 바탕으로 우주의 모든 존재가 각자의 고유한 개성을 유지하면서도 서로 유기적으로 연결되

어 있다는 것을 인식하는 것이 중요하다고 믿었다. 그의 생각은 우주를 향해서뿐만이 아니라 죽음을 향해서도 열려 있다. 그는 한 개인의 존재가 육체의 탄생과 소멸로 제한되지 않는다고 믿었다. 그리고 과거가 현재와 유기적으로 연결되어 있으며, 또 현재는 미래를 향해 닫혀 있지 않다고 믿었다.

그는 삶이 인간 존재의 모든 것을 다 보여주지 않는다고 믿기에, 죽음이 이 삶에서는 경험하지 못했던 새로운 것을 펼쳐주리라고 기대한다. 그렇기에 그가 부르는 백조의 노래에는 슬픔이나 두려움이 들어설 자리가 없다. 죽음이 그에게 열어 보일 새로운 세계에 대한 기대로 가득하다.

17장

삶에서 죽음이,
죽음에서 삶이

죽음은 언제나 삶의 한 부분이며, 삶은 언제나 죽음의 한 부분일 것이다.

엘리오 멜로Elio Melo

죽음의 풍경을 둘러볼수록 죽음은 삶과 떨어져 있지 않다는 생각을 하게 된다. 생물학적으로 죽음은 우리 몸이 기능을 멈추는 것이다. 이렇게 정의되는 죽음은 내가 직접 죽음을 겪지 않더라도 그것이 어떤 것인지 충분히 짐작할 수 있다. 그런데 그것 외에 죽음에 대해 우리가 알고 있다고 믿는 모든 것은 살아 있는 우리가 삶의 무대에서 상상한 것일 뿐이다. 그러니 죽음이 무엇인지 궁금하다면 그에 대한 답을 삶에서 찾을 수밖에 없을지도 모른다. 그렇기에 지브란Kahlil Gibran, 1883-1931은 이렇게 말한다.

당신들이 죽음의 비밀을 알게 되겠지요.

하지만 삶의 한가운데서 찾지 않는다면 어떻게 그것을 찾을 수
있겠소?

밤으로 향하는 눈이 낮에는 멀어 있는 올빼미는 빛의 신비를 밝
힐 수 없다오.

당신이 진정으로 죽음의 정신을 보려 한다면, 삶의 몸체로 당신의
마음을 활짝 여시구려.

왜냐면 삶과 죽음은 하나라오. 강과 바다가 하나인 것처럼 말이오.

그대 희망과 갈망 깊은 곳에 저 너머의 침묵하는 지식이 있다오.

눈 밑에서 꿈을 꾸는 씨앗처럼 그대의 가슴은 봄을 꿈꾸고 있소.

그 꿈을 믿으시오. 왜냐면 그 꿈에 영원의 문이 감추어져 있기 때
문이오.

죽음에 대한 그대의 두려움은 목동의 떨림이라오.

그가 손을 들어 자신에게 명예를 내리려는 왕 앞에 섰을 때 말이오.

목동이 왕의 표식을 입는데, 떨리는 가운데 기쁘지 않을 수 있겠소?

떨리는 것보다 더 많은 것에 관심 두지 않겠소?

죽는다는 것은 바람 속에 벗은 몸으로 서서 햇살에 녹아드는 것
말고 무엇이겠소?

숨을 멈춘다는 것이, 쉼 없는 숨결의 파도로부터 해방되어, 일어

나 확장하여 제한 없이

신을 찾게 하는 것 말고 달리 무엇이겠소?

오직 그대가 침묵의 강으로부터 마실 때야 그대는 진실로 노래할
수 있으리.

그대가 산꼭대기에 이르렀을 때야 그대는 오르기 시작할 수 있
으리.

그리고 대지가 그대의 육신을 거두어 갈 때야 그대는 춤출 수 있
으리.

레바논에서 태어나 아랍어와 영어로 작품을 쓰고 자기 작품에
직접 그림을 그려 넣기도 했던 지브란은 재능 있는 철학자, 소설
가, 시인이자 화가였다. 지브란은 위에 소개한 「죽음에 대하여On
Death」 외에도 죽음에 관한 흥미로운 시를 여러 편 썼다. 죽음이 우
리에게 가져올 변화라고 믿는 것은 모두 살아 있는 우리가 상상한
것이라는 점에서 죽음은 삶의 발명품이다. 그러니 죽음의 비밀을
죽음의 세계에 가서 직접 확인하기 전에 알고 싶다면, 그것을 삶의
한가운데서 찾을 수밖에 없다는 말이 귀한 가르침이다.

그런데 삶에서 찾아야 하는 죽음의 비밀이 대체 무엇일까? 그것
은 어쩌면 신비스럽게 감추어져 있는 '비밀'이라기보다는 우리가
자주 잊거나, 외면하거나, 아니면 무의식적으로 인정하지 않는 '사

실'일 뿐일지도 모른다. 즉 모든 생명의 존재 조건으로 죽음이 있다는 것이다. 다시 말해 우리가 부여받은 생명이라는 축복 속에는 그 생명이 언젠가 끝난다는 조건이 붙어 있다. 그런데 우리는 세상이라는 무대에 오르고 나서야 그것을 알게 된다. 너무 늦게 그것을 알게 되었다고 불평할 수는 있겠지만, 그래도 되돌릴 수는 없다. 모든 그림자가 빛에서 나오듯, 그렇게 생명의 빛에서 죽음의 그림자도 같이 태어난다. 우리가 죽음에 대해 밝혀야 할 비밀이 있다면 그것뿐이니, 그것을 받아들여야 한다.

삶과 죽음이 결코 분리될 수 없고, 삶이 죽음과 맞닿아 있다는 생각을 홀Donald Hall, 1928-2018. 미국 시인, 작가은 아주 흥미로운 방식으로 펼쳐 보인다. 「내 아들, 내 사형집행인My Son, My Executioner」이라는 시이다.

내 아들, 내 사형집행인
너를 내 팔로 안는다.
조용하고 작고 겨우 움직이는,
내 몸에 온기를 주는 너를.

감미로운 죽음이여, 작은 아이여,
불멸로 이끄는 우리의 도구여,
네 울음소리 배고픔이

우리 육신의 소멸을 기록하는구나.

스물다섯과 스물둘,
영원히 살 것처럼 보였던 우리는
네게서 계속되는 삶을 바라보며
함께 죽어가기 시작한다.

물론 내 아들이 내 목숨을 거두는 사형을 집행할 리 없다. 아들을 키워내는 시간이 언젠가는 내 생명을 거두어 가리라는 비유이다. 많은 사람이 삶에서 가장 큰 축복으로 꼽는 것은 자신과 사랑하는 사람 사이에서 태어나는 아이일 것이다. 그 아이가 커가는 모습을 지켜보는 것은 가슴 벅찬 기쁨이다. 그런데 가끔 아이가 크는 것을 보며 서글퍼지기도 한다. 아이가 큰다는 것이 내가 늙는다는 것을 의미하기 때문이다. 아이가 커가는 동안 내 삶의 모래시계에서는 끊임없이 모래가 쏟아져내린다. 아이는 부모 가장 가까이에서, 숨가쁘게 진행되는 삶의 기쁨과 고통의 장막 너머로 시간이 형을 집행하러 오고 있다는 사실을 일깨운다.

스물다섯과 스물두 살이었던 시인과 아내는 영원히 살 수 있으리라고 생각했는지도 모른다. 그러나 아이가 태어나면서 시간이라는 사형집행인의 모습을 보며 탄식한다. 그런데 시인은 동시에 아이에게서 계속 이어지는 자신의 생명을 보기도 한다. 그렇기에 아

에필로그

이는 불멸의 도구이자 수단이기도 하다. 지금 내 사형집행인으로 태어난 아이도 언젠가 결혼을 하고 아이를 낳으면, 지금의 나처럼 새로 태어난 아이에게서 사형집행인의 모습과 불멸의 생명을 동시에 보게 될 것이다. 그렇게 부모의 죽음 위에 자식의 삶이 세워지니, 이것이 지금까지 인류가 삶을 이어온 방식이다.

삶은 언제나 죽음 위에 세워진다. 삶은 누군가 혹은 무엇인가의 죽음에 의존하지 않고는 유지되지 못한다. 우리가 먹는 것의 대부분은 살아 있던 생명의 몸에서 얻은 것이다. 생명이 그 몸을 떠난 후에 얻은 것도 있지만, 우리가 먹으려고 그 생명을 일찍 거두기도 한다. 우리가 입는 것도 마찬가지다. 자연에서 얻는 것들은 대개 생명이 있던 것에서 온 것이나. 집을 짓는 데 필요한 목재 역시 살아 있던 나무에서 얻은 것이다. 그렇게 우리의 삶 자체가 다른 것의 죽음에 의존한다. 죽음이 두려워서, 다른 생명의 죽음에 의존해야 하는 삶을 무한히 살겠다는 것은 터무니없이 이기적인 생각이다.

우리가 서 있는 어느 물리적 공간도 한때 살아 있던 어떤 생명이 죽어 묻힌 자리일 것이다. 지구의 나이 45억 년이 흘러가는 동안 이 세상이라는 무대에 수많은 생명이 살다가 죽었다. 우리가 발 딛는 곳 아래 어디에나 먼저 살다 간 생명의 무덤이 켜켜이 쌓여 있다. 고층건물과 아스팔트로 덮인 곳도 한때 그곳에서 살던 이들이 묻힌 자리이다. 우리 또한 생명이 다하는 날 어딘가에 고단한 몸을 뉘일 것이다. 그렇게 이 세상이라는 무대 어느 곳에서나 생명의 탄생과 죽음이라는 수레바퀴가 계속 돌고 있다.

이 책을 클림트의 〈죽음과 삶〉이라는 그림 이야기로 시작했으니 이 책의 마지막에서는 「죽음과 삶Death and Life」이라는 시를 읽는 것도 좋을 것 같다. 서비스Robert William Service, 1874-1958. 영국에서 태어나 캐나다에서 활동한 시인의 시이다.

메이와 내가 사랑을 나눈 곳은

묘지의 섬뜩한 어둠 속이었네.

몰래 들어가 어느 무덤 위에서

우리 사랑은 절정에 이르렀지.

문제되지 않았네. 분명 우리는 결혼할 테니.

우리 죄를 나무라지 않겠지……

아! 금지된 황홀은

결혼의 침대보다 감미롭네.

내가 연인을 꼭 안고 있을 때

그녀는 나지막이 한숨을 내쉬고 있었네.

나는 우리 밑에 평화로이 누워 있는 이들을

생각하지 않을 수 없었네.

불쌍한 사람들! 무례한 짓을 하려 하지 않았으니

용서해주기를 바란다네.

에필로그

우리는 죽은 이들이

살아 있는 이들의 환희에 화내지 않기를 바랄 뿐.

나 또한 죽어 누워

그래서 나를 사랑하는 이들과 헤어질 때,

지나가는 두 연인이

내 위에서 약혼을 맹세하기 바라네.

오 내가 그들이 속삭이는 맹세를 듣고

슬퍼하리라 생각하지 말게.

그들의 사랑이 새 생명을 잉태한다면

나는 기뻐하겠네.

아름다운 시이다. 삶과 죽음의 오고감을 이렇게 담담히 그려낸 시는 흔치 않다. 두 연인이 무덤 위에서 사랑의 절정에 이른다. 사랑의 절정은 삶의 행복한 절정의 순간이기도 하다. 무덤에서 사랑을 나누는 것은 우리의 삶 자체가 죽음 위에 세워졌다는 것에 대한 비유이다. 남자는 연인과 무덤 위에서 사랑을 나누며 자신이 누리는 삶의 행복이 누군가의 죽음 위에서 이루어진다는 것을 깨닫는다. 그리고 자기 아래 죽어 누워 있는 이들이 지금 자신이 누리는 행복을 시기하지 않기를 바란다. 아니 시기하지 않으리라고 믿는다. 더 나아가 지금 무덤 위에서 사랑을 나누는 자신들처럼, 나중에 다른 연인들이 그의 무덤 위에서 사랑을 나누기를 바란다. 사랑을 나눈다는 것은 생명을 이어가는 행위이다. 그렇게 자신의 죽음 위에서 새로운 생명이 태어나기를 소망한다. 그것이 지금까지 인류가 누대로 생명을 이어온 방식이고, 앞으로도 이어갈 방식이기도 하다.

서비스의 시는 우리가 죽음을 어떻게 받아들여야 할지에 대한 지혜를 들려준다. 서비스는 생명의 탄생과 죽음을 자연의 순환이라는 큰 흐름 속에서 이해하고 받아들일 것을 권한다. 무덤 위에서 사랑을 나누고 또 그 사랑을 통해 새로운 생명이 잉태되는 것, 이것이 우리의 삶이다. 모든 삶은 죽음의 자리에서 생겨나고, 그렇게 생겨난 삶은 때가 되면 죽음의 자리로 가서 다른 생명에게 자리를 내어준다. 우리가 한때 생명의 축복을 받고 행복을 누렸으니, 때가 되면 그 축복과 행복을 다른 이들에게 물려주는 것이 자연스러운 일이다. 삶과 죽음에서 밝혀야 할 비밀이 있다면 이것뿐이다.

1장

- 루크레티우스Lucretius, 99?-55? BC

  『사물의 본성에 관하여De Rerum Natura』

- 롱펠로Henry Wadsworth Longfellow, 1807-1882

  「삶의 찬가A Psalm of Life」

- 프리노Philip Freneau, 1752-1832

  「인동초The Wild Honey Suckle」

- 콜린스Billy Collins, 1941-

  「나의 번호My Number」

- 포프Alexander Pope, 1688-1744

  「인간론An Essay on Man」

10장

- 존슨Ben Jonson, 1572-1637

  「내 첫아들에 관하여On My First Son」

- 윌콕스Ella Wheeler Wilcox, 1850-1919

  「작고 흰 상여The Little White Hearse」

- 랜들Dudley Randall, 1914-2000

  「버밍햄의 발라드Ballad of Birmingham」

- 버치Michael Burch, 1958-

  「어느 팔레스타인 아이를 위한 묘비명Epitaph for a Palestinian Child」

11장

- 틱본Chidiock Tichborne, 1562-1586

  「처형되기 전날 밤에On the Eve of His Execution」

- 브론테Charlotte Brontë, 1816-1855

  「앤 브론테의 죽음에 부쳐On the Death of Ann Brontë」

- 오웬Wilfred Owen, 1893-1918

  「불행한 젊은이를 위한 노래Anthem for Doomed Youth」

- 하우스먼A. E. Housman, 1859-1936

  「젊어서 죽는 운동선수에게To an Athlete Dying Young」

12장

- 휘트먼Walt Whitman, 1819-1892

  「나의 노래Song of Myself」

- 스펜서Edmund Spenser, 1552-1599

14장

- 셰익스피어William Shakespeare, 1564-1616

  『뜻대로 하세요As You Like It』
- 테니슨Alfred Tennyson, 1809-1892

  「율리시스Ulysses」
- 맥고프Roger McGough, 1937-

  「젊은이의 죽음을 맞고 싶구나Let Me Die A Youngman's Death」
- 토머스Dylan Thomas, 1914-1953

  「그렇게 고이 저 작별의 밤으로 들어가지 마세요Do Not Go Gentle into That Good Night」
- 랜들Dudley Randall, 1914-2000

  「안락 살인자들에게To the Mercy Killers」

15장

- 킹Henry King, 1592-1669

  「꽃에 대한 명상Contemplation upon Flowers」
- 허버트George Herbert, 1593-1633

  「삶Life」
- 버Amelia Josephine Burr, 1878-1968

  「삶의 노래A Song Of Living」
- 카니Ethel Carnie, 1886-1962

  「가을Autumn」

16장

- 기번스Orlando Gibbons, 1583-1625

  「은빛 백조Silver Swan」

- 스티븐슨Robert Louis Stevenson, 1850-1894

  「레퀴엠Requiem」

- 메러디스George Meredith, 1828-1909

  「지나간 자오선의 발라드A Ballad of Past Meridian」

- 디킨슨Emily Dickinson, 1830-1886

  1764(더 커지는 가장 슬픈 소음, 가장 감미로운 소음)

- 하우스먼A. E. Housman, 1859-1936

  「사람들은 내 시가 슬프다 하네They Say My Verse Is Sad)」

- 휘트먼Walt Whitman, 1819-1892

  「초원의 밤Night on Prairies」

17장

- 지브란Kahlil Gibran, 1883-1931

  「죽음에 대하여On Death」

- 홀Donald Hall, 1928-2018

  「내 아들, 내 사형집행인My Son, My Executioner」

- 서비스Robert William Service, 1874-1958

  「죽음과 삶Death and Life」

* 저작권자와 연락이 닿지 않는 일부 작품에 대해서는 추후 연락이 닿는 대로
사용 허락을 받겠습니다.

이 책에서 소개한 시

시간을 물고 달아난 도둑고양이

시의 길을 따라 걷는 죽음의 풍경

초판 1쇄 인쇄 2022년 6월 10일
초판 1쇄 발행 2022년 6월 20일

지은이 송기호

편집 정소리 이원주 | 디자인 백주영 | 마케팅 김선진 배희주
저작권 박지영 형소진 이영은 김하림
브랜딩 함유지 함근아 김희숙 안나연 박민재 박진희 정승민
제작 강신은 김동욱 임현식 | 제작처 천광인쇄사(인쇄) 신안문화사(제본)

펴낸곳 (주)교유당 | 펴낸이 신정민
출판등록 2019년 5월 24일 제406-2019-000052호

주소 10881 경기도 파주시 회동길 210
문의전화 031.955.8891(마케팅) 031.955.2692(편집) 031.955.8855(팩스)
전자우편 gyoyudang@munhak.com

인스타그램 @thinkgoods | 트위터 @thinkgoods | 페이스북 @thinkgoods

ISBN 979-11-92247-20-5 03800